GEORG SCHWARZ · PFEFFER VON STETTEN

GEORG SCHWARZ

PFEFFER VON STETTEN

EIN SCHWÄBISCHES SCHELMENBUCH

STIEGLITZ-VERLAG · E. HÄNDLE
MÜHLACKER

Umschlagentwurf Thomas Kubisch
Illustrationen Günter Schöllkopf

3. Auflage 1980

ISBN 3-7987-0124-5

Druck: K. Elser, Mühlacker

Pfeffer kommt auf die Welt und richtet sich ein

Am Tage, da der Schelm von Stetten geboren wurde, hielt der Herzog von Württemberg eine große Sauhatz auf dem Kernen, einem Berg hinter Esslingen – und Jakob Ulrich, sein Untertan, mußte ihm Treiberdienst tun. Jedermann schimpfte, die Sauen seien ein großer Schaden für das Land, aber sie zu schießen, war das Recht des Fürsten, und erst wenn sie voll und feist genug waren nach der Ernte, begehrte sie der Herzog.

Als die Jagd zu Ende war und sich Jakob Ulrich auf den Heimweg machte, sah er den Herzog inmitten seiner Begleitung, die ihm das Halali von hüben und drüben in die Ohren blies, querfeldein nach Stuttgart reiten und rief ihm nach, er sei ein Narr! – Hätte ihm einer gesagt, daß er, Jakob Ulrich Pfeffer, noch am selben Tag der Vater eines Schalksnarren werden sollte, er hätte den Ankündiger mit seinem Treiberstecken gezüchtigt und wäre geradewegs aus der Welt gelaufen. Aber er ahnte nichts davon, schritt verdrossen bergab und dachte an die Sauen – die dem Herzog noch in dieser Nacht in seine Hofküche getragen wurden, wo sie alsdann ausgeweidet, zerlegt, auf dem Rost gebraten und mit einer schmackhaften Soße auf die Tafel gebracht wurden; ach, und er hätte für seinen Teil nichts weiter davon begehrt als die Hälfte eines zarten Ferkels, und auch das nicht für seine Person, sondern für Ricke, die Kindsbetterin. Ei, konnte denn der Herzog mit seinen Schranzen die vielen Sauen ganz allein vertilgen? Was geschah mit den überzähligen? Hatte man nicht gehört, daß sie für gutes Geld außer Landes verkauft wurden? Die fetten, schönen schwarzborstigen Sauen mit den rosigen Schnauzen, die er dem Herzog vors Feuerrohr getrieben hatte? – Jakob Ulrich, du bist der Narr! – rief er laut aus und trauerte um die schweren Sauen.

Allgemach wurde es dunkel.

Auf der steinernen Brücke oberhalb Stetten machte er halt, um zu verschnaufen, sah eine schwarze dicke Gestalt auf der Brüstung sitzen und brummte erschrocken: „Was geht mir vor dem Licht?“ Die Gestalt ächzte, suchte sich aufzurichten, sank aber wieder auf den steinernen Sitz zurück.

Jakob Ulrich griff tüchtig zu, und das Weib, das er anfaßte, sagte leise und flehentlich: „Pfeffer!"

Es war Ricke, seine Frau, die auf ihn wartete.

„Seh schon, wie weit du bist!" brummte er, griff ihr um die schwellenden Hüften und ging langsam mit ihr des Weges. Er mußte sie schelten wegen ihres Leichtsinnes, daß sie in ihrem Zustand zu Hause weggelaufen war. Es war ein verfahrener steiniger Weg, auf dem sie dahinhoppelten, und Ricke blieb nach ein paar Schritten stehen.

„Auf den Schafwiesen geht sich's besser!" sagte er und schleppte sich mit ihr feldein.

Ein munteres Geschwätz tat ihr immer wohl, wenn sie eine Beschwerde fühlte, und er fing an: „Ob's wohl ein Bub wird oder eine Fehl (Mädchen)?"

Sie atmete schwer, fuhr sich über den Leib und antwortete: „Es stößt wie ein Geißenfuß!"

„Dann wird's ein Bub!" triumphierte Jakob Ulrich – „und was für ein Hirsch, wenn er mir nachschlägt!"

„Auch ein sanftes Kind ist recht", meinte sie.

„Müßt' mich schämen, Ricke, für einen Buben", widersprach ihr Jakob Ulrich, „der Pfeffer heißt und doucement ist! Ein Mannsbild wird entweder geboren als Hirsch oder als Bähmull. Aber eine Bähmull mag ich nicht!"

„Oh, Herr Jesus, wie er stößt!" schrie Ricke jämmerlich und wollte nicht mehr weiter.

„Also ein Hirsch!“ freute sich Jakob Ulrich, drehte ihr den Rücken zu und sagte: „Laß dich hutzeln!“

Das war so: Sie legte ihm von hinten die beiden Arme um den Hals, und er schleppte sie ein Stück über die Wiesen, obwohl ihm vor Müdigkeit schier die Beine brachen.

Aber die Mühsal für das Weib wurde immer größer.

Als sie wieder standen und sich verruhten, sah Ricke blaß und sagte:

„Nun wird's bald angehen, Pfeffer! Geh' ins Dorf um einen Karren!“

„Was Dorf und Karren!“ lachte er, nahm sie um den Leib und trug sie einen Steinwurf weit.

„Ist Schafzeug in der Näh'?“ sagte sie, da sie die Tiere roch – und als ihr einen Atem lang leichter war, scherzte sie:

„Pfeffer, izt wiegst du deinen Sohn zum erstenmal!“

Er tat noch ein paar Sprünge und stieß mit seiner Last sanft auf den Schäferhannes, der wie eine Bildsäule mit seinem Hund, dem Herodes, vor seinem Karren stand.

„Wirst mir verzeihen, Hans“, redete er ihn an, „daß ich dir mit der Ricke in dein zweirädrig Haus falle! Du mußt wissen, es ist eilig!“

Der Schäfer tat einen Blick auf ihren Leib und riß hurtig die winzige Tür zu seinem Karren auf.

Als die Frau geborgen auf dem schmalen Bette lag, machte sich Pfeffer eilig ins Dorf, um weiblichen Beistand zu holen.

Da war Dorle, seine Hausschwägerin, die daheim saß und auf die Ausleiber wartete. Er trat von der Feldseite in seinen Garten und sah, daß sie Licht hatte in der Küche. Vor Ungeduld ging er nicht weiter, warf eine Handvoll Sand ans Fenster, und als sie öffnete, rief er:

„Geschwind, Dorle, geschwind! Es wächst junger Pfeffer auf der Schafwiese! Hilf deiner Schwester und komm!“

Das Dorle verstand Deutsch, kramte in der Eile ein wenig Wollenzeug zusammen, verschloß das Haus und folgte ihm über die Wiesen.

Sie kam gerade recht, denn Ricke stöhnte schon laut.

Nach einer Weile stieß die Gebärende einen Schrei aus, Herodes, der Hund, bellte – und Pfeffer war Vater geworden.

Währenddessen sich nun Dorle in dem Karren, der von einem kleinen Öldocht erleuchtet war, an dem Neugeborenen zu schaffen machte, sah die Mutter an ihr vorbei auf das Fenster und hatte ihren Schrecken.

„Ach, Herr Jesus“, fing sie zu jammern an, „der große Daus, der böse Alefanzer steht am Himmel! Das ist der Schalksnarren Stern. Mein Leib und Blut, du hast einen schlechten Planeten!“

Das Kind gähnte, und Dorle machte das Guckfenster auf, um Jakob Ulrich zu sagen, daß Ricke ein Männlein geboren habe, einen Knaben von anderthalb Schuh.

Weil sie es im Eifer ein wenig laut beschwatzten, wurden die Schafe munter im Pferch und blökten.

Davon erschrak das Kind, so erzählte Pfeffer später, vielleicht auch, weil es einen kühlen Hauch vom Fenster verspürte, wurde mucksstill und schien bei geschlossenen Äuglein zu lächeln.

Jakob Ulrich sah es für ein gutes Zeichen an, daß sein Sohn lächelte, wenn das Schafsvolk blökte, das immer der Spur nach blökt – und hielt ihn für besonders klug. Aber Ricke schwieg und dachte an den Stern.

Ein Taufname macht Schwierigkeiten

Pfeffers Ricke hat einen Goliath geboren! erzählte sich das Weibervolk in Stetten. Und einige sagten: „Da hat der Teufel die Hand im Spiel gehabt! Unsere Kinder kommen nicht so stark auf die Welt, und steh'n wir nicht besser im Saft als die arme Ricke?"

Als Jakob Ulrich von den Redensarten hörte, zeigte er sich großmütig und lud die Weiber in sein Haus ein, das Kind zu besehen.

Sie fanden sich alle ein und bewunderten es.

Da aber keine mit leeren Händen zu kommen wagte, regnete es tagelang Würste, Eier, Butter, Schmalz, Honig und Hutzelbirnen in seinen Keller. So machte sich die Großmut bezahlt.

Wegen des Taufnamens kam Jakob Ulrich schier in Streit mit seiner Frau, denn er wollte den Knaben wahrhaft Goliath taufen lassen.

Da geriet Ricke in Zorn, schlug ihm die Bibel auf und verlas ihm einen Text, wobei sie dem Heiligen Geist mit Worten eigener Erfindung nachhalf:

„Siehe, da trat er hervor aus dem Lager der Philister, der Riese Goliath, der Prahlhans, das Freßmaul, dessen Gosche reichte von einem Ohr zum andern, und er hatte den Wanst von einem Gaul und das Hirn von einer Gans ..."

„Halt ein, Ricke, halt ein!" unterbrach sie Jakob Ulrich und versprach, sich auf einen besseren Namen zu besinnen. Doch Ricke las weiter, und als vom kühnen Knaben David die Rede war, der den Prahlhans mit seiner Spatzenschleuder ins Gras schoß, neigte sich Jakob Ulrichs Herz auf die andere Seite, und er beschloß, seinen Knaben David zu nennen, wegen der Klugheit, die sein Sohn schon in der Stunde der Geburt gezeigt hatte – und er schmeichelte sich, daß er nun die Vorzüge beider in sich vereinte.

Jeder wird auf seine Weise getauft

Der Tauftag fiel in die Zeit der Kirchweihe.

Allwärts roch es nach neuem Wein, und der Weg des Täuflings zur Kirche ging zwischen mannshohen Butten hindurch, die überquollen von Gärtrauben und brausendem Schaum.

„Das ist ein guter Jahrgang", sagten die Leute, als das Kind auf dem Kissen vorbeigetragen wurde, und es war nicht gewiß, ob sie den Wein meinten oder den Täufling.

In der Kirche mußte die Taufgemeinde lange Zeit warten, Jakob Ulrich, der den Dreispitz verlegen in der Hand drehte, neben ihm Ricke, gut gekräftigt von den schmackhaften Taufgeschenken, Vetter Melchior, der Kirchweihfiedler – und allen voran Dorle mit dem Kind auf dem Kissen.

Der Pfarrer, ein freisinniger Herr und heiterer

Müßiggänger, ließ sich gern zweimal rufen. Während der Zeit war der Mesner, der gleichermaßen wartete, in der Sakristei damit beschäftigt, neuen Wein, Stettener Gewächs, in das Nachtmahlfäßchen zu füllen, vergaß sich aber dabei, denn er schöppelte gern einen bei diesem Geschäft, und füllte versehentlich das bereitstehende Taufkännchen mit Wein statt mit Wasser. Als der Pfarrer endlich kam, folgte er ihm in aller Unschuld mit dem weingefüllten Kännchen zum Taufstein.

So geschah es, daß David nicht mit dem Wasser der Nüchternheit, das jedem Christenmenschen zumindest bei der Taufe wohl bekommt, sondern mit dem Feuerwein der Trunkenheit begossen wurde, als er seinen Namen erhielt. Der Pfarrer, der eine gute Nase hatte und die Verwechslung merkte, ließ in seiner Taufrede durchblicken, daß ja der Wein, mit dem das Kind versehentlich getauft sei, schon von Natur sein redlich Quantum Wasser enthalte, welches oft später von habgierigen Wirten unnötigerweise vermehrt werde – woraus folgen müsse, daß das Kind seinen guten Teil davon bekommen habe. Als nun auch die Andächtigen begriffen, was vorgegangen war, erging er sich in erbaulichen Reden über den Unfug des Weinwässerns, was zu vergleichen sei der Verwässerung der göttlichen Tugend durch niedrige Gewohnheiten, und er glaubte so der Würde der heiligen Taufe vollauf genügt zu haben.

Als die Handlung zu Ende war, hielt Rickes Halbbruder mit einem Wägelchen, vor das er ein junges, ungebärdiges Pferd gespannt hatte, neben der Kirche und bot sich an, die Gesellschaft nach Hause zu kutschieren; und sie fuhren mit dem Weingetauften fröhlich ins Dorf.

Sei es aber, daß der Gaul besser wußte als sein Lenker, wohin er die Leute zu fahren hatte, oder daß der Geist der feurigen Taufe auch über ihn gekommen war, in der ersten Straße fuhr er den Wagen über einen Eckstein und lud die ganze Sippschaft samt dem Täufling vor der Tür zur „Traube von Kanaan" ab, einer gut renommierten Weinschenke: Und nun wußten sie, wo sie die Taufe zu beschließen hatten.

Pfeffer auf hohem Seil

Es waren ein paar Jahre vergangen, da wanderte Jakob Ulrich mit den beiden Frauen und dem kleinen David nach Waiblingen auf den Jahrmarkt.

Der allzeit schmale Beutel Jakob Ulrichs vertrug einen solchen Leichtsinn zwar schlecht, aber der Vater wollte dem Sohn eine Freude machen. Also pilgerten sie über die Rebhügel hinüber in die Stadt, und als sie so dahinsangen, schloß sich ihnen nachzügelnderweise Vetter Melchior, der Musikant, an, der sich mit seinem Spiel auf dem Markt ein Stück Geld zu verdienen hoffte.

Von ferne sah der Wasen mit seinen Fahnen und Gezelten, Wurstbuden und Marktständen wie die Stadt eines lagernden Kriegsvolkes aus, und Jakob Ulrich nahm seinen zappelnden Sohn auf die Arme, ihm den ganzen Freudensabbat zu zeigen, der für ein armes Schwabenkind gleich neben dem Himmel kommt!

Als sie inmitten des Trubels ihren Platz an einem kleinen Tisch auf der Wiese eingenommen hatten, nahm Dorle das Kind an der Hand und zog mit ihm den herumziehenden Gauklern nach, die ihre Kunst für einen Kupferpfennig zum besten gaben und keinen geringeren Zulauf hatten als die Wunderdoktoren, Salbenschmierer, Wahrsager und Sternendeuter, denen das Volk einen großen Glauben entgegenbrachte. Jakob Ulrich stach sich bei einer Metzgerin ein paar Rote Würste aus dem Sud und teilte sich mit Ricke in den Leckerbissen – und beide meinten, es sei ihnen schon lange nicht mehr so gut ergangen!

Da kam auch Dorle mit dem Knaben wieder an den Tisch, und David jauchzte, als ihm der Vater die Wursthaut zu schaben gab.

Dabei erzählte der Knabe einfältig von den Musikanten, die er gesehen hatte: Es sei einer dagewesen, der habe auf einen Stecken Holz gebissen, es habe ihm aber nicht sonderlich geschmeckt!

Ein anderer habe in ein blechernes Rohr geschrien, sein Wort sei aber nicht zu verstehen gewesen! Und der mit seinem Schlegel auf einen umgestürzten Kessel geschlagen habe, sei überaus zornig gewesen, weil er keine Würstlein gehabt, sie darin zu sieden! – Während der Knabe noch schwatzte und die Alten sich daran ergötzten, trieb ein Bärentreiber seine

Tanzbären und Kleideräffchen vorüber, und die nachfolgenden Gaffer rissen im Eifer fast die Tische um. Als sich der Haufe verloren hatte, war David nicht mehr da!

Da begannen die drei ein verzweifeltes Suchen, liefen nach rechts und nach links, fragten bei den Musikanten, ob sie den Knaben gesehen hätten, bei den Bärentreibern, bei den Wurstsiedern, aber nirgends war er gesehen worden! Zuletzt nahmen sie ihre Zuflucht zu den Wahrsagern, die doch was wissen mußten!

Da war einer, der sagte: „Verstehet mich recht, euer Sohn weilt nicht mehr auf der Erde!"

Ricke brach in wildes Weinen aus, die Knie wollten ihr fast den Dienst versagen.

Als sie bei den Seiltänzern vorübergingen, stieß sie einen schrillen Schrei aus. Einer von den Luftpurzlern trug einen vergnüglich schreienden Knaben über das hoch gespannte Seil und trieb allerlei freventlichen Mutwillen mit ihm. Jakob Ulrich schaute empor, und der Atem blieb ihm stehen vor Entsetzen. Der Knabe war sein leibhaftiger Sohn! Hilf Gott! Sein entlaufener Sohn in den Händen dieser Luftpurzler und Wagehälse! Rechts und links stieß er die Gaffer beiseite und schrie:

„Herunter mit meinem Kind! Was fällt euch ein da oben!"

Die Gaffer meinten, es sei ihm gar nicht ernst mit

seinem Begehren und alles ein eingelerntes Spiel, um das zuschauende Volk mit Scherzen hinzuhalten, und belachten seinen Eifer.

Als er jedoch ernstlich schimpfte und drohte, an dem Gestelle zu rütteln, daran das Seil geknüpft war, lief der Luftpurzler eilig in seinen Korb auf die Gabel zurück. Weil er für sein gutes Geschäft bangen mußte, legte er sich aufs Verhandeln, neigte sich über den Korb und rief herab:

„Was wollt Ihr doch, Landsmann?"

„Meinen Sohn – oder ich reiße euch wie Simson euer ganzes Gestelle um!" antwortete Jakob Ulrich. Der Luftspringer nahm David auf den Arm und stieg mit ihm ein Dutzend Sprossen auf der Leiter abwärts.

„Wollt Ihr mir den anstelligen Jungen nicht auf ein Jahr lassen?" bat er fast flehentlich, „ich habe noch kein Kind gefunden, das so viel Mut auf dem Seil gezeigt hat! Um fünfzig Gulden könnt Ihr mir ihn auf ein Jahr lassen!"

„Mein Sohn ist mir nicht um Gold und Gulden feil!" empörte sich Jakob Ulrich und stieß zornig mit dem Fuß gegen die Leiter.

Da mischte sich der Sohn selber in die Verhandlung und rief:

„Lasset mich bei ihm, Vater! Habt Ihr nicht einmal gesagt, mit fünfzig Gulden seiet Ihr wieder ein Ehrenmann?"

„Wie redest du, David! Glaubst du, ich gebe dich

um fünfzig Gulden an einen Luftpurzler und Genickbrecher? Komm herab, ich will dir die Torheit verzeihen!"

Inzwischen mischte sich Ricke auf ihre Art und Weise in den Streit, indem sie zu Füßen der Leiter laut weinte.

Das brachte den kleinen Wagehals so weit, daß er weich wurde und auf die Erde verlangte. Als er wieder unten war und der Friede hergestellt, gab ihm der Seiltänzer den Teller in die Hand und hieß ihn für seine eigene Tasche sammeln, und David brachte einen Gulden und vier Bätzner zusammen.

Danach setzten sich die Alten wieder mit ihm an den Tisch und wußten nicht, was sie an dem Knaben mehr bewundern sollten, seinen Wagemut oder sein gutes Herz!

Aber der Wahrsager hatte recht behalten.

Unter Schweinen

Als David, Jakob Ulrichs Sohn, ins zehnte Jahr trat, gab man ihm die Schweine zu hüten, denn er hatte lange Beine und konnte gut springen. Eines Tages, als er seine Butzeln aus dem Dorfe trieb, überholte ihn in seinem Wagen der Amtmann, der ein wohlgenährter Herr war, ließ halten und neckte den kotbespritzten Buben:

„David, du springst ja schon so gut wie deine Vierbeiner, aber was gilt's, du unterscheidest dich auch sonst nicht viel von ihnen!"

Da antwortete der Knabe:

„Ei, Herr Amtmann, wer nicht besser springt als so ein Säulein, hat ihm auch sonst nicht viel voraus! Was gilt's?"

Der Gestrenge war um eine Erwiderung verlegen, schimpfte und befahl seinem Roßknecht einen eiligen Trab.

Aber David war viel flinker als die Rosse, sprang ihnen voraus, und die Schweine hetzten grunzend neben dem Wagen her, bis ins nächste Dorf.

Dort gab es viel Gelächter, als der Amtmann, von den Schweinen eskortiert, seinen Einzug hielt. –

Es war ein halbes Jahr später, als der Herzog, der ein großer Prasser war, in seiner prächtigen Karosse durch das Dorf fuhr.

Er sah ein paar Bauern auf der Straße steh'n, stieg aus seinem Wagen und fragte sie: „Wie geht's euch, ihr Bauern? Wie lebt ihr?"

Es ging ihnen nicht sonderlich gut in dem schlechten Jahr, doch keiner wagte dem Herzog die Wahrheit zu sagen. Sie wußten, daß er böse wurde, wenn er von Not und Elend hörte. Von ungefähr kam der Schweinehirt vorbei, hielt einen vierbeinigen Ausreißer am Schwänzchen und schien tief in Gedanken. Der Herzog, der ahnte, daß er nichts Gutes zu hören bekommen sollte, fuhr die Bauern mißmutig an: „Seid ihr Stöcke? Könnt ihr nicht reden?" Da ließ der Hirt sein Schwein los, das gemächlich auf den Herzog zutrabte, und rief ihm nach: „Geh, Butze, und sag dem Herrn, daß dir wohler ist als uns!"

Der Herzog wollte die Anspielung nicht verstehen, nahm den Schweinehirten am Ohr, kneipte ihm hinein und sagte: „Willst du mir redlich Antwort stehen?" Im Nu hatte David seinen Ausreißer wieder am Schwänzchen, tat ihm dort ebenso, wie ihm am Ohr getan wurde, und richtete die Frage an das Tier. Aber das Schwein gab nicht den geringsten Laut und zuckte nur ein wenig. Da sagte der Hirt: „Herr Herzog, wenn sich so ein freies, mutiges Tier nichts getraut, wie soll's ein geschreckter Bauer?“

Der Herzog wußte nicht, ob er ergrimmen oder lachen sollte über die Antwort und hieß die Bauern ohne Scheu reden.

Nun ging ihnen der Mund auf, und sie schimpften über Wildschaden und Fron, Steuern und Härten, daß der Herzog rot wurde vor Scham und eilig Abhilfe versprach.

Der Sargmacher und sein Sohn

Im Wonnemonat, als die Bäume im weißen Blust standen auf den Halden, und die Schlehen blühten im Tal der Rems, ging Jakob Ulrich mit seinem Sohn über Feld nach Rommelshausen, wo der Schreiner einem verstorbenen Bauern das Maß nehmen mußte für den Sarg.

Sie waren beim Elfuhrläuten weggegangen und beeilten sich, das Dorf vor Mittag zu erreichen. Dann mußte man sie nach Landessitte zum Essen nötigen, und darauf freute sich David, dem die häufigen Fastentage im Hause seines Vaters schlecht bekamen.

Auf halbem Wege hielten sie Rast unter einem blühenden Kirschbaum, und der Alte fragte den Knaben, was für ein Handwerk er einmal ergreifen wolle, wenn er sein Brot selber verdienen müsse.

Der Knabe legte nachdenklich den Finger an die Stirn und sagte:

„Ich will werden was Ihr, Vater, und den Leuten ein hölzernes Röcklein anmessen, wenn sie die letzte Reise tun!"

Der Alte war unzufrieden mit der Antwort und schmähte:

„Das ist ein schlechtes Handwerk! Ich hätte dich für klüger gehalten!"

Aber der Sohn sagte mit Anstand: „Oh, Ihr seid tausendmal klüger als ich, und Ihr seid auch ein Sargmacher geworden!"

„Du sprichst mir ein hartes Urteil!" sagte Jakob Ulrich.

„Ei", tröstete ihn der Sohn, „warum sagt Ihr das? Noch keiner von den vielen, denen Ihr einen Sarg gemacht habt, ist nachmalig abgestanden von dem Geschäft! Und wann ist einer wieder zu euch gekommen und hat an seinem Särglein was ausgesetzt?"

Jakob Ulrich grämte sich über seinen Sohn:

„Ein Sargschreiner ist kein angesehener Mann, er bringt den Tod in die Häuser. Du solltest dir was Besseres überlegen!"

„Wenn Ihr nicht mögt, dann will ich Besenbinder werden!" entschied sich David.

„Das ist schon besser!" lobte ihn Jakob Ulrich, „wiewohl noch keiner reich geworden ist vom Besenbinden. Himmel, warum willst du gerade Kehrbesen binden?"

David antwortete: „Ihr sagtet, ein Sargmacher sei

kein angesehener Mann, weil er den Tod in die Häuser bringt! Seht, beim Besenbinder ist es umgekehrt: Freut sich nicht ein jeder, der den Tod fürchtet, wenn er wieder einen Besen überlebt?"

„Du steckst voller Flausen", schimpfte Jakob Ulrich, „und kennst die Welt nicht! Sieh, du bist in die Höhe geschossen wie eine Haselgerte und brauchst doppeltes Futter bei deiner Länge! Willst du keine Vernunft annehmen?"

„Ihr quält mich, Vater!" klagte der Sohn, „was soll ich noch werden?"

„Sage mir deinen Herzenswunsch!" ermunterte ihn der Alte.

Da bekannte der Knabe in seiner Einfalt, er möchte ein Kohlenbrenner werden. Die Kohlenbrenner waren nach seinem Geschmack.

„Daß ich dich nicht erschlage!" brauste der Schreiner gefährlich auf, weil er glaubte, sein Sohn mache sich einen Scherz aus seiner Sorge, hob den Stock und bedrohte ihn.

Aber der Bube wich ihm aus und versteckte sich in einem blühenden Schlehenbusch, wo er vor dem Stock sicher war.

„Komm hervor, Unnutz!" schimpfte der Alte und fuchtelte ihm mit dem Stock vorm Gesicht.

„Willst du mich zum Vater eines Faulpelzen machen? Komm, ich will dir zeigen, was ungebrannte Asche ist!"

„Eben die mag ich nicht!“ schrie der Sohn in dem Schlehenbusch, „schon darum will ich Kohlenbrenner werden!“

Da hielt ihn Jakob Ulrich für wunderlich, meinte, es könne ein Gelehrter aus ihm werden, und beschloß, ihn in die Schule zu geben.

Der Schulmeister von Stetten

Der Mesner, der neben seinem Kirchendienst die Schulmeisterei versah, nahm den Knaben in die Zucht. Nun mußte der Bacchusknecht büßen, was er an dem Täufling bei der Taufe gesündigt hatte! Die frommen Worte, die er den Kindern lehrte, waren golden, aber die Streiche, mit denen er nicht sparte, waren eisern, und David empfing einen großen Teil davon. Ein einziges Mal war es ihm nicht erlaubt, den Schelm für eine freche Antwort zu züchtigen, denn ein größerer Schulmeister, als er war, weilte zu Besuch in der Schulstube und wohnte der Unterweisung bei: der Herzog.

O wie liebreich war der Schulfuchs da zu den Kindern, und was für honigsüße Worte gab er ihnen! Aber dem Herzog war das Getue zuwider, er wünschte etwas Ernsthaftes zu hören.

„Befehlen Euer hochfürstliche Durchlaucht, von den Kindern einen Psalter aus dem Gesangbuch zu hören oder die Bücher der Heiligen Schrift der Ordnung nach aufgezählt von vorn nach hinten und hernach wieder von hinten nach vorn?“ fragte der Schulmeister.

Dem Herzog war solcher Unterricht ein Greuel, er verzog das Gesicht und sagte: „Laß Er mich zuvor wissen, ob sich eure Zöglinge in der Welt auskennen!“ – und er stellte die Frage, wo der Erdteil liege, den man gemeinhin Europa nenne.

Der Schulmeister schaute blöde, er wußte es selber nicht recht – und die Kinder schwiegen.

„Mir scheint, Ihr schulmeistert auf dem Mond!“ spottete der Herzog.

Der Schulmeister buckelte sich an ihn heran und ließ sich vernehmen:

„Hochfürstliche Gnaden, befehlt eine simplere Frage, die näher liegt! Ist's doch schon ein halb' Wunder, wenn einer von Euer Durchlaucht gehorsamen Untertanen nach Europa verschlagen wird!“

Der Herzog mußte lachen, stellte sich vor die Bänke und fragte:

„Ei denn, was ist der größte Fluß im Herzogtum?“

Das wußten sie alle und nannten den Neckar.

„Brav, Herr Schulmeister!“ lobte der Herzog und fragte weiter:

„Welcherlei Kreaturen birgt er in seinem Wasser?“

Da wußten die Kinder wohl von Grundeln, Fröschen und Rotzern, aber nichts von den guten Bissen, die sich ein Herzog aus dem Neckar fischen lassen konnte, also den Hechten, Aalen, Krebsen und Forellen, und sperrten Mund und Nasen auf, als ihnen der Fürst von ihrer künstlichen Zubereitung und ihrem besonderen Wohlgeschmack Wunderdinge zu erzählen wußte. Danach stellte er die Frage:

„Was ist nun aber der kleinste Fluß im Herzogtum?"

Die Frage machte den Kindern Sorge, nicht minder dem Schulmeister, der sich verlegen hinter dem Rücken des Herzogs versteckte; aber da war Pfeffer, der an die guten Bissen dachte, von denen der Herzog erzählt hatte, sich flugs erhob und antwortete:

„Gnädiger Herr, in Eurem Ländchen ist das der Überfluß!" „Ei was spricht der Esel?" sagte der Herzog erschrocken. „Sollen die Knaben das etwa auch beantworten?" fragte der Schulmeister einfältig.

„Ochse! Ich meine den Esel hier!" rief der Herzog und deutete auf Pfeffer.

„Beliebten Eurer Durchlaucht auch in den Vierfüßlern zu examinieren", sagte der Schulmeister ganz verwirrt – „aber wir haben zur Zeit keinen einzigen Esel in der Gemeinde!" „Keinen einzigen Esel in der Gemeinde?" lachte der Herzog. „Stimmt das, kleiner Frechdachs?" „Keinen einzigen", antwortete Pfeffer, „aber wollten uns Durchlaucht einen aus Eurer Residenz leihen, dann werden wir seine Sprache bald erlernt haben!"

„Respekt vor Eurem Genie! Ich werde Euch aber was Besseres schicken", sagte der Herzog, „da ich Euch schon Appetit gemacht habe auf Dinge, die Ihr selten genug auf die Zunge kriegen werdet!"

Am anderen Tage ließ er vor dem Rathaus in Stetten ein Faß mit frischgefangenen Fischen anfahren und hieß sie an die Eltern der Kinder verteilen. Der Sargmacher und sein Sohn kamen nicht zu kurz dabei.

Pantoffeln und ein Schelmenstreich

„Euer Sohn taugt nicht zum Gelehrten!“ sagte der Schulmeister eines Tages zu Jakob Ulrich. Aber der Sargschreiner schimpfte: „Was? Wollt Ihr ihn los werden? Seid Ihr zu ungeschickt, ihm was Rechtes zu lehren?“

Das hörte der Schulmeister nicht gerne, ließ die Katze aus dem Sack und sagte: „Hört! Eures Vetters braune Fiedel ist dem Buben lieber als die Schulbank, und das Do - re - mi - fa - sol, das sind die Noten, geht ihm weit übers A-B-C!“

So kam es an den Tag, daß David zuweilen ausriß und mit seinem Oheim, dem Fiedler, auf Kunstreisen ging; das war auf Kirchweihen, Taufen und Hochzeiten, wo der Oheim aufspielte.

Wenn er von einer solchen Reise am Arm seines Entführers nach Hause kam, war der Knabe selig, obwohl er vom Wein das wenigste genossen hatte. Der Sargschreiner stellte seinen Sohn darüber zur Rede und fragte ihn, was denn nun aus ihm werden sollte.

Der Ausreißer machte die Gebärde des Fiedelns (der Oheim hatte ihm in der Stille schon die ersten Griffe beigebracht), und da war es, daß Jakob Ulrich zum erstenmal über seinen Sohn weinte und weinend immerzu sagte:

„Dummer Hans, warum willst du gleich als Bettelmann anfangen?“

Das ging dem Sohn sehr zu Herzen, und als die Mutter nun auch einzustimmen begann, dachte er, daß es doch besser sei, wenn sein künftiges Geigenspiel nicht von den Jammertönen seiner armen Eltern akkompagniert werde, und willigte ein in den Vorschlag Jakob Ulrichs, sein Glück als Lehrbube bei einem Schuster in Waiblingen zu versuchen, mit dem der Vater schon gesprochen hatte. –

In Waiblingen hatte es David gut. Der Lehrherr war ein gemütlicher, säumiger Mann, der lieber im Wirtshaus saß als in der Schusterstube und David unter der Obhut eines Gesellen gewähren ließ. Der Lehrbub erlaubte sich beim Austragen der fertigen Schuhe manchen Scherz mit den Stadtfrauen und Mägden und kam in den Ruf eines Spaßvogels, der überall gerne gesehen war.

Waiblingen

Es blieb nicht aus, daß Personen von Stand, die sich einen gewissen Witz zuschrieben, sich mit dem jungen Schelm ein Vergnügen machen wollten und in die Schusterstube kamen, um sich mit ihm zu messen.

Unter ihnen war ein Offizier des Großen Friedrich von Preußen, der in Waiblingen seinen Standort hatte und darauf ausging, schwäbische Bauernsöhne für die Armee seines Königs einzufangen.

Er kam in die Schusterstube, um sich ein Paar galante Schuhe anmessen zu lassen, und spürte Lust, sich mit Pfeffer einzulassen.

Als ihm der tüchtige Geselle das Maß nehmen wollte, bat der Herr den Lehrbuben um einen bequemen Stuhl. Der wurde ihm von Pfeffer gebracht.

Ob er noch etwas wünsche, fragte ihn der Lehrbube.

„Ei", sagte der neugierige Herr, „wenn du magst, ein Paar Pantoffeln und – einen Schelmenstreich!"

„Nichts leichter als das!" sagte Pfeffer und nahm ihm dienstfertig die langen Rohrstiefel weg, von denen der Hauptmann sich eben mit Mühe befreit hatte.

Während dem Herrn nun das Maß genommen wurde, schnitt Pfeffer draußen vor der Tür die Röhren von den Stiefeln und trat leise wieder herein.

„Hier habt Ihr die gewünschten Pantoffeln!" sagte

er ehrerbietig zu dem Hauptmann und brachte ihm die Füßlinge.

Der Preuße sah ihn verdutzt an.

„Seid Ihr nicht zufrieden?“ sagte Pfeffer, „das ist nur der erste Teil Eures gnädigen Auftrags! Den Schelmenstreich bringe ich hier“, und übergab ihm die abgeschnittenen Röhren.

Das war dem fremden Herrn zuviel, er stürzte sich strümpfig, wie er war, auf den Schelm und wollte ihn verprügeln.

Aber Pfeffer schrie unentwegt: „Ich habe ja nur Euren Befehl ausgeführt, Herr Hauptmann! Hättet Ihr doch besser befohlen!“

Darauf hatte der Hauptmann nichts zu erwidern, fügte sich in den Schimpf und beschloß, sich bei guter Gelegenheit zu rächen.

Die Wasserprobe

Wenn Pfeffer seine Botengänge machte, begegnete ihm zuweilen der Stadtschreiber, ein mächtiger Federfechter, den alle Welt scheute. Zeigte sich der Schreiber zur Morgenzeit auf dem Markt, dann rückten die Weiber am Brunnen so nahe zusammen, als müßten sie allesamt in einen Korb treten, und zeigten ihm die Rückenseite.

Das stimmte den Mann nicht freundlicher.

Mit dem Schuster lebte er lange Zeit in Frieden.

Als er ihm aber einmal ein Paar neuer Schuhe in Maßarbeit gab und verlangte, daß sie so gut gemacht werden müßten, daß sie einen halben Tag lang die Wasserprobe bestünden, sonst wollte er sie dem Schuster nicht abnehmen, riß dem Meister die Geduld, und er wünschte, dem Federfechter möchte ein Streich gespielt werden, an den er sein Leben lang denken sollte!

Eines Morgens schickte der Schreiber seine Magd in die Schusterstube, um die Schuhe holen zu lassen, weil er sie bei einer Staatsvisite tragen wollte. Pfeffer, der allein in der Werkstatt war, zeigte der Magd die schönen Schuhe, sagte aber, sie müßten zuvor der Probe unterworfen werden, danach könne sie der Herr Stadtschreiber haben. Die Magd ging wieder. Hinter ihr drein schlich sich Pfeffer auf den Markt, setzte die ledernen Schifflein kurzerhand im Brunnentrog aus, wünschte ihnen viel Glück zur Reise und lief in die Werkstatt zurück. Als die Magd nach einer Weile mit ihrer Gölte zum Schöpfen an den Brunnen kam, waren die Kähne schon in großer Not und neigten sich, nachdem sie ein paarmal unterm Röhrenstrahl im Kreise getanzt und noch die Wasserprobe von oben bestanden hatten, schwer auf die Seite und drohten unterzugehen. Die Magd erkannte die schönen Schuhe wieder, die ihrem Herrn gehörten, fischte sie heraus und wunderte sich nur, wie sie in den Brunnen geraten waren.

Ihr Herr ahnte schon einiges mehr, war sehr erzürnt und ließ sogleich nach dem Meister fahnden.

Der saß in seiner Weinstube und verwies die Magd an den Gesellen.

Der Geselle war von Pfeffer bereits in das Geheimnis eingeweiht worden und erschien vor dem Stadtschreiber mit der unschuldigsten Miene.

„Was wollt Ihr, lieber Herr? Habt Ihr nicht selbst die Probe aufs Wasser verlangt?“ spielte er sich auf.

Der Federfuchser durchschaute den Handel und schickte einen handfesten Scharwächter nach dem Lehrbuben.

Und während der Herr nun mit Widerwillen in die nassen Staatsschuhe schlüpfen mußte, wurde Pfeffer auf Geheiß des Schreibers am Brunnen so lange unter den Strahl gehalten, bis der Schreiber fertig war, geruhsam in seinem Wägelchen über den Markt gefahren kam und Pfeffer zurief:

„Weißt du nun, wie eine Wasserprobe tut?“ –

Diesen Schimpf wollte Pfeffer nicht auf sich sitzen lassen, und er besann sich auf einen besseren Streich.

Es hatte sich herumgesprochen, daß der Stadtschreiber schon lange auf Freiersfüßen ging. Die Jungfer Dorothee, die so ehrbar war wie reich, war sein Augenziel geworden, und ihr zuliebe verwandte er viel Sorgfalt auf seine äußere Gestalt.

Aus diesem Grunde schickte er nach einiger Zeit seine Schuhe wieder in die Werkstatt des Schusters, um sie dort verschönern zu lassen.

Pfeffer, der ein gedemütigtes Wesen zur Schau trug, um seinen Meister zu täuschen, freute sich auf die Gelegenheit, dem Stadtschreiber die Heimzahlung geben zu können – und als ihm der Meister eines Abends befahl, die gebesserten Schuhe am andern Tag in die Stadtschreiberei zu tragen, war sein Plan gemacht. Noch in der Nacht machte er sich auf, schlich sich vor das Haus der Jungfer und setzte die Schuhe auf der Schwelle ihres Haustörleins nieder, pärleinweise und so gerichtet, als seien sie von selbst herzugelaufen und warteten, von der Jungfer eingelassen zu werden.

Dann verbarg er sich.

Als das Sechsuhrglöcklein läutete, ging der Amtmann vorüber, erkannte die Schuhe des Stadtschreibers auf der Staffel und dachte im Weitergehen: „Ei, huldigt der Herr Amtsbruder so tüchtig dem Weine, daß er sein eigenes Haus nicht mehr findet und in der Nacht bei fremden Leuten eingeht? Aber warum stellt der Tölpel seine Schuhe vors Haus?"

Als er gegangen war, kam der fromme Herr Spezial, der schlecht geschlafen hatte und sich in der kühlen Morgenluft erfrischen wollte. Er sah die Schuhe, wußte aber nicht so recht, wem sie gehörten, machte eine besorgte Miene und dachte: „Sollte es möglich sein, daß die Jungfer so leichtsinnig geworden ist, daß sie einen Mann bei sich einläßt? Wer ist der leichtfertige Bruder, der im Städtlein einen solchen Anstoß gibt? Sollte es der Ratsschreiber sein, dann will ich ihn nächstens zitieren!"

Nach ihm kamen einige Weiber, sahen die Schuhe, verhielten sich den Mund und machten böse Augen: „Schaut die Heuchlerin, die Jungfer!" schmähten sie, „sieht sie nicht drein, als kriegte sie eine Ohnmacht, wenn sie einem Mannsbild in die Augen schaut? Und da läßt sie einen Burschen in ihre Kammer! Die Frömmlerin! Ja, eine solche ist auch nicht besser wie wir andern!", und schimpfend gingen sie weiter.

Zuletzt kam ein kleines Hündlein, schnupperte an den Schuhen, dachte sich gar nichts und hob das Bein.

Pfeffer, der im Hinterhalt saß und es sah, dachte:

„Das ist nun die zweite Wasserprobe!"

Nicht lange danach lugte die Hausmagd der Jungfer aus der Tür, sah die Schuhe, wußte gleich, wem sie gehörten, bekam einen Schrecken und nahm sie eilig weg. Pfeffer glaubte genug gesehen zu haben und wollte gehen, aber schon nahte sich im Eilschritt der Ratsschreiber, als hätte er von dem Schimpf vernommen, klingelte ein paarmal, doch erst, als er wie ein Steuerpresser am Klingelzuge riß, wurde ihm von der mürrischen Magd geöffnet.

Drinnen im Haus ging es nun ein wenig laut her, die Jungfer, noch in der Morgenhaube, trat an ihr Schlafkammerfenster, schmiß es wütend zu, und Pfeffer glaubte hinter den Gardinen ein unsanftes Gerede zu hören, die Stimme des Schreibers gleich einer klagenden Posaune, dazwischen die der Jungfer wie eine schrille Schelle gellend.

Am Pranger

Am anderen Tag saß Pfeffer gefangen im Turm, biß auf einen steinharten Wecken und dachte an seinen Vater, dem er großen Kummer bereitet hatte. Denn der Amtmann, der Pfeffer wegen seiner Schandtat in den Pflock auf den Pranger sprach, war der Meinung, daß der Vater eines solchen Schlingels mitbestraft werden müsse, weil er ihn nicht besser erzogen hätte, ließ Jakob Ulrich durch den Büttel in Stetten ergreifen und nach Waiblingen schleppen.

So mußte Pfeffer in den Pflock, und sein Vater durfte die Ehre mit ihm teilen. Das ganze Städtchen lief zusammen, um dem Schauspiel beizuwohnen, und es wurde nie eine lustigere Gesellschaft vor einem Pranger gesehen. Da standen welche, die dem Federfechter den Schimpf gönnten, weil er sich nach ihrer Meinung durch ungebührlich hohe Sporteln bereichert hatte. Da stand die Ehrbarkeit und freute sich, daß der Schelm so freimütig mit dem Finger auf die Unzucht gewiesen hatte, und endlich waren da vorne dran ein gutes Dutzend mannbarer Jungfrauen, die schellenlaut jubelten, daß ihre verhaßte Geschlechtsgenossin eine Unehre erlitten hatte, wo sie sich doch ebenso ehrbar und begehrenswert vorgekommen waren wie die Stadtschreibererwählte, doch von diesem verschmäht worden waren. Sie gebärdeten sich am unwürdigsten vor dem Pranger, steckten dem Buben, der nur den Kopf und die Hände frei hatte, die besten Leckerbissen in den Mund, ja eine ganz Kühne wagte sogar, ihm einen Strauß Gelbveiel zu Füßen zu legen.

Jakob Ulrich hatte mit seinem Sohn bis zur Stunde noch kein Wörtchen gesprochen, aber nun, als er die viele Ehrung sah, weinte er gerührt und sagte zu David:

„'s ist gut, daß du mir wenigstens am Pranger ein wenig Freude bereitest!" – worauf der Sohn erwiderte:

„Seid nicht so rührselig, Vater, und macht mir vor den Leuten keine Schande!" –

Pfeffer sollte aber nicht zur Freude am Pranger hangen.

Der Schuster, dem er so gründlich das Geschäft verdorben hatte mit seinem Streich, drängte sich plötzlich durch den Volkshaufen, schimpfte wie ein Kroat,

trat auf die Schandbühne und zahlte dem Alten vor aller Welt das Lehrgeld für seinen Sohn zurück.

Als er gegangen war, um seinen Zorn im Wein zu ersäufen, schepperte ein Säbel über den Markt. Er gehörte dem Preußenhauptmann, und Pfeffer wurde blaß. Der Preuße trat vor den Pranger, erinnerte David an die Stiefel, die er ihm zerschnitten hatte, gab ihm zwei saftige Schellen, meinte, die Rechnung stimme nun wieder, und folgte dem Schuster.

Das war beschämend für Pfeffer, aber die wackeren Jüngferlein machten alles wieder gut, brachten Körbe mit Würsten und Speck zum Geschenk für den Schelmen und stellten sie vor ihm nieder – und mancher edle Mann, dem die Entehrten leid taten, beschloß im stillen, dem Knaben und seinem Vater eine Wohltat zu erweisen, wenn ihn der Weg über Stetten führen sollte.

Als die Standzeit um war, nahm Vetter Melchior, der Kirchweihfiedler, der von Stetten herübergekommen war, seine Verwandten in Empfang und geleitete sie mit Geigenmusik aus dem Städtchen hinaus. Und dem Geleite schloß sich an Alt und Jung, Ehrbar und Unehrbar, Hinz und Kunz, Gockel und Gans.

Die Witwe von Schnait

Aber die Stettener waren nicht sonderlich erfreut über die Heimkehr ihres Schelmen, der in Waiblingen am Pranger gestanden hatte.

Ricke sah ihren Sohn mit Kummer müßig, und Vater Pfeffer ertrug Davids Hiersein mit mürrischer Geduld.

Nur der Kirchweihfiedler freute sich, daß er wieder einen Kumpan hatte, der ihn auf seinen Kunstreisen begleitete, und Pfeffer ging bei ihm in die Lehre.

Der Oheim war ein viel bequemerer Lehrmeister als der Waiblinger Schuster. Er freute sich, daß Pfeffer so klug gewesen war, die rauhe Arbeit zu scheuen und seine Musikantenfinger gebührlich zu schonen.

Bisweilen, wenn der Sohn zusah, wie sich sein Vater für kümmerlichen Lohn in seiner Tischlerwerkstatt mühte, mochte er ihn wohl bedauern und ihn durch schalkhafte Redensarten auf eine bessere Laune bringen.

Meist hielt sie aber bei dem Alten nicht lange an, und Pfeffer brachte ihm gern das Opfer und begleitete ihn über Feld auf seinen Leichengängen, die dem Sargschreiner am schwersten fielen. Da konnte es geschehen, daß der Junge, wenn ihn die Laune ankam, dem Alten in kommerzialischen Dingen etwas vormachte, so bei einer Witwe in Schnait, die Pfeffer so weich zu gerben verstand, daß sie ihre zusammengegeizten Silbervögel wie Taubenschwärme ausflattern ließ. Ihr Mann, der Bauer, war gestorben, und sie hatte den Sargschreiner rufen lassen, daß er ihm ein billiges Särglein von Tannen anmesse.

Nun war aber das Weib zu ihrem Geize sehr abergläubisch, was Pfeffer von der Magd erfuhr, während sein Vater in der Stube mit der Wittib um den Preis handelte. Die Sitte gebot, daß Pfeffer auch einmal in die Totenkammer ging, um sein Gebet zu verrichten, und er tat es gern und pries den Toten hoch und wohl, daß er von der geizigen Fuchtel erlöst worden war. Wie er so stand und dem Toten vor der Magd, die mit ihm gegangen war, in seinen Taten und Gesinnungen zu Lob sprach, kam ihm ein Gedanke, wie er die Alte für ihren Geiz strafen und seinem armen Vater zu einem Aufgeld verhelfen könne. Nachdem er sich mit der Magd besprochen hatte, trat er vorsichtig in die Stube, in der die Bäuerin mit seinem

Vater um den Preis handelte, schlich auf den Zehen an den Tisch und blies der Frau in die Ohren, wenn ihn nicht alles täuschte, sei ihr Mann eben einen Atemzug lang vom Tode erwacht, habe die Augen aufgeschlagen, sich gereckt und gestreckt, um sich alsdann umzudrehen und weiterzuschlafen. Die Frau kam außer sich vor Schrecken und ließ sogleich die Magd rufen. Die stand schon hinter der Tür, trat herein und sagte, der Sohn des Sargschreiners habe recht gesehen!

Da schrie die Wittib laut auf, wagte aber nicht in die Kammer zu gehen und ihrem wiedererwachten Mann in die Augen zu schauen. Sein Tod war ihr erwünscht gekommen. Er war ihr nicht sparsam genug gewesen. Sie aber wollte die Wirtschaft allein führen und oben auf dem Geldsack sitzen. Pfeffer, der sie richtig eingeschätzt hatte, sah gewonnenes Spiel. Er gab ihr ein, daß es doch für alle Fälle besser sei, wenn sie ihrem Mann einen schweren Sarg von Eichen schreinern lasse statt einen dünnwandigen aus Tannen, durch den jedes Wort hindurchdringe, so daß die Witwe gern in das größere Geschäft einwilligte und es gar mit der herzlichen Liebe zu ihrem toten Mann beschönigte, daß sie ihn so stattlich einsargen lasse! –

Auf der Heimkehr sagte Jakob Ulrich zu seinem Sohn: „Du bist doch nicht so ungeschickt in weltlichen

Dingen, wie ich mir eingebildet habe. Auch scheint mir, du könntest mit deinem Fiedelspiel mehr zu Verdienst kommen als dein Vater mit dem Sargschreinern. Die Zeiten sind schlimm für unsereins!"

„Alles ist wechselfällig", erwiderte der Sohn, „ein Sargschreiner lebt vom Sterben und ein Fiedler vom Leben. Bald ist dies im Schwunge, bald jenes!"

„Du hast doch das bessere Los gezogen, David!" sagte der Alte beharrlich, „die gute Zeit der Sargschreiner ist vorbei! Fürs erste, weil der Sinn für ein ehrenvoll christlich Begräbnis dahingeschwunden ist, und zum andern, weil die Ärztekunst, die uns früher so wacker ins Brot gesetzt, einen Bund mit dem Teufel eingegangen hat und das Leben der Menschen mit allen Künsten verlängert. Es wird noch so weit kommen ..."

„Davor könnt Ihr sicher sein", unterbrach ihn der Sohn, seine Gedanken erratend, „daß sie den Tod nicht aus der Welt kurieren!

Lasset nur ein Mißjahr und eine Hungersnot kommen, und Ihr werdet vor lauter Sargbrettern die Welt nicht mehr seh'n! Uns Fiedler aber jagt man dann zum Dorf hinaus!

Überdies sorgen die Herren, denen der Sinn nach Kriegsruhm und Lorbeeren steht, immer wieder, daß eine Gerechtigkeit ist und Leiden und Freuden sich wohl verteilen!"

„Davon ziemt uns nicht zu reden", meinte der Alte, „wiewohl du die Wahrheit im Sacke hast!"

Es war damals die Zeit, da der Herzog von Württemberg sein Glück als Kriegsmann gegen den König von Preußen versuchte.

Pfeffer und Salz

Jakob Ulrich sollte recht behalten. Es kamen gute Jahre für die Fiedler und schlechte für die Sargschreiner.

Die Sonne segnete das Land Württemberg, und wieviel auch der Herzog von dem Reichtum vergeudete, das Volk hatte genug zu leben.

Es war die Zeit, wo die Weinstöcke doppelt trugen und der Neckarwein, der als sauer verrufen ist, so großes Ansehen genoß, daß ihn die Klosterherren zu Augsburg und die reichen Mynheers in Holland auf ihren Tischen sehen wollten.

Jakob Ulrichs Sohn wuchs wie eine Pappel und mußte sich bücken, wenn er durch die niedere Tür in das Haus des Sargschreiners treten wollte. Die Mädchen verdrehten die Hälse nach ihm, wenn er am Sonntag in seinem blauen Tuchrock und seinen gelben

Lederhosen vor der Kirche stand – aber Ricke grämte sich, daß er sich nichts aus ihnen machte.

„Ist denn keine im Land, die dir in die Augen sticht?“ fragte sie ihren Einzigen, „auch dein Vater hat Gefallen gefunden am Weibervolk. Sonst wärest du wohl nicht da!

Der Herrgott hat doch zweierlei Art geschaffen. Macht es dich nicht neugierig?“

„Ihr habt mir viel Neugierde ins Blut gesegnet“, erwiderte ihr der Schalk, „aber wie ich größer gewachsen bin als Ihr, darum ist bei mir auch die Neugier heftiger als bei euch, und es wird lange währen, bis sie gestillt ist!“

„Tu, was du willst“, sagte Ricke, „wann wirst du heuern?“

„Liebe Mutter“, sagte der Sohn zu ihr, „ich will euch gerne gehorchen, aber lasset mir Zeit! Wenn nicht alles trügt, dürfen wir auf Sankt Nimmerleinstag das Fest richten!“

Bis dahin war es wohl noch weit, und Pfeffer gedachte sich gründlich umzuschauen. Aber da enthob ihn der Herzog der Mühe und machte ihn zum Soldaten. Das kam auf wunderliche Weise.

Seit Monaten hatten die Stettener einen Streit mit dem Herzog wegen des Salzes. Er hatte den Handel mit dem edlen Gewürz den Krämern und Kaufleuten verboten und betrieb ihn selbst wegen der Steuern, die er darauf legen konnte. Um sich dieser im voraus sicher zu sein, befahl er den Stettenern, daß sie ihm dreihundert Säcke mit Salz abnehmen und dafür achthundert Gulden bezahlen müßten.

Eine so große Menge Salz lag den Stettenern zu schwer im Magen, und sie sträubten sich mit allem Ernst gegen das Geschäft.

Das führte zu einem langen Handel am Ratstisch, in dessen Verlauf das Salzbüchslein zwischen den streitenden Parteien mehrere Male umgeworfen und aus der – Salzanlehnung – wie mehrere Räte des Herzogs das saubere Geschäft nannten, eine Salzablehnung wurde.

Der Herzog, der die harten Bauernköpfe mit Schläue einzusalzen versucht hatte, erboste nun, als sie ihm Widerstand machten, und dachte ihnen die Suppe gründlich zu verderben, indem er befahl, daß alle ledigen Männer des Dorfes zu Rekruten ausgehoben werden sollten.

Dies verdickte die scharfe Suppe noch mehr, und Amtmann, Pfarrer und Schreiber mußten alles aufbieten, um die Wut der Stettener zu dämpfen. Aber das Feuer bekam durch ein herzogliches Amtsschreiben, das die ledigen Männer eilends zu einer Musterung nach Stuttgart berief, frischen Zug und neuen Wind.

Wenn auch der Amtmann und seine Helfer den Herzog mit beruhigenden Briefen hinzuhalten versuchten, er war von seinen Kreaturen und Spionen unterrichtet, daß die Burschen sich weigern wollten, seine Soldaten zu werden, und beschloß einen ernsthaften Krieg gegen das Dorf.

Da er ihn eines Sonntags begann, als die Bauern alle in der Kirche saßen, hatte er Glück und mußte nicht mehr einsetzen als eine Kompanie Husaren, die die Pforte des Gotteshauses belagerten und also den Feind, der an Singen und Beten, nicht aber ans Fechten dachte, gefangensetzten.

Der Pfarrer, den sein Gewissen verklagte, weil er auf der Seite des Herzogs gestanden hatte in dem Streit, erschrak nicht wenig, als er während der Predigt eine Horde Husaren mit gezogenem Pallasch unterm Kirchenfenster vorbeisprengen sah, und kam vollends aus dem Konzept, als ihm von einem Adjutanten des Herzogs, der unterdessen in Person vor der Kirche erschienen war, ein Billet auf die Kanzel gebracht wurde, demzufolge er seine Schäflein zur Ruhe vermahnen und den Gottesdienst alsbald beendigen sollte.

Die Schäflein witterten indessen auch, daß ihr Salzherzog in der Nähe war und Ernst zu machen gedachte, und die jungen Burschen, die um ihre Freiheit bangten, flüchteten sich auf den Turm, ins Gehäuse der Orgel und in andere Schlupfwinkel, wo sie sich sicher glaubten. Als nach dem Schlußgesang die Türen geöffnet wurden, sahen sich die überrumpelten Stettener vor einer Doppelreihe von Husaren, die von der Kirchenpforte bis zum Rathaus Aufstellung genommen hatten, und gaben ihr Spiel verloren. Den Ehemännern wurde erlaubt, an der Seite ihrer Frauen nach Hause zu gehen, aber auf die ledigen Burschen machten die Soldaten eine heitere Treibjagd. Die ersten, die sie fingen, waren einige, die durch die Sakristei entweichen wollten, danach schleppten sie einen hinkenden Teufel herbei, der durch ein Kirchenfenster entsprungen und dabei zu Schaden gekommen war, endlich zogen sie unter großem Jubel ein Muttersöhnchen unterm Rocke seiner Beschützerin hervor. An allen Ecken und Enden war Geschrei, Zetern und Rennen, Flüchten und Haschen.

Unter Vorantritt des Herzogs betraten die Soldaten zuletzt die Kirche und säuberten Kanzel und Sakristei, drangen in den Turm und fingen ihre Rekruten auf dem Glockenstuhl, allwo sich ein Siebengescheiter sogar an den Schwengel der großen Glocke gehängt hatte und beim Läuten in die größte Gefahr geraten war.

Indessen beschaute sich der Herzog in aller Ruhe die Kirche und verrichtete kniend ein halblautes Gebet zum guten Gelingen seines Raubzuges.

Pfeffer lag noch unentdeckt, weil er lang und schmal war, unterm Fußbrett einer Bank in seiner Nähe und hörte ihn murmeln.

Als sich der Herzog wieder erhob und auf römische

Weise bekreuzte, sprang Pfeffer auf und eilte schnurstreichs auf ihn zu.

Der Fürst erschrak, als er sich plötzlich mit dem langen Kerl allein in der Kirche sah, gewann aber seinen Mut rasch wieder und schrie:

„Was, langer Kerl? Will er auch desertieren?"

„Gradwegs in die Arme Euer Durchlaucht!" sagte Pfeffer, fiel ihm an die Brust und begann ihn stürmisch zu drücken.

„Was – untersteht – er sich – mich zu embarassieren?" stöhnte der Herzog in Pfeffers Armen, die ihn wie Zangen umschlossen.

„Damit ihr spürt, wie groß meine Liebe zu euch ist!" antwortete Pfeffer.

„Was – faselt er da, elender Lümmel! Will er mir den Odem auslöschen?" –

„Wie Euer Durchlaucht seinen Landeskindern tun im Kriege! Aus lauter Liebe zu ihnen!"

„Freches Schandmaul! Bête! Laß er mich los!" keuchte der Herzog.

Darauf erwiderte Pfeffer:

„Nicht eher, als bis Ihr mich zum Korporal gemacht habt!"

Der Herzog, blau und rot im Gesicht, schrie:

„Er ist's auf der Stelle!"

Da ließ ihn Pfeffer los. Aber der Herzog fauchte:

„Grober Lümmel, zum Korporal habe ich Ihn zwar

gemacht, aber ehe ich ihm die Knöpfe gebe, fängt er eine Schelle!“ und zog aus.

Pfeffer hob nur das Kinn in die Höhe, und der Schlag ging an ihm vorbei.

„Werd’ seiner schon Herr werden, ohne daß ich auf eine Leiter steige, um ihn zu traktieren! Abmarschiert!“ schimpfte der Fürst.

Und Pfeffer ging von ihm weg als Korporal.

Vor dem Rathaus standen die übertölpelten Bauernsöhne in Reih und Glied, um von den Husaren in die Kaserne nach Stuttgart geführt zu werden, fluchten und greinten.

Weil der Herzog schon da war, nötigte er zugleich den Magistrat, die Salzanlehnung zu unterschreiben, und nahm an diesem Tag zwei glatte Siege mit nach Hause.

Der neugebackene Korporal, der mit den andern in die Kaserne zog, meinte, sein Salz habe der Herzog den Stettenern zwar aufgenötigt, dafür habe er ihnen auch ihren – Pfeffer abnehmen müssen!

Prügel und Perlen

Ein halbes Jahr nach seinem Doppelsieg saß der Salzherzog im Gartensaal seines Parkes in Ludwigsburg und trank die Schokolade mit der Gräfin Leutrum. Er hatte sie ihrem Eheherrn in Pforzheim entführt, weil er nicht leiden wollte, daß sie das Ebenmaß ihres Leibes an einen Krüppel verschenkte – und die Fränzel saß neben ihm und lauschte dem Galopp seiner Zunge, den ihr fürstlicher Anbeter wie kein anderer zu reiten verstand.

Der Herzog hatte das Schwabenalter überschritten, ohne klug geworden zu sein. Nur die Wollust hatte sich gemäßigt.

Da er es selber spürte, daß sein Blut nicht mehr siedete wie in den Jahren seiner Jugend, ließ er die Zunge das Herz vertreten, worüber sich die Frau nicht grämte, denn in solchen Dingen hatte sie ihr buckliger Gemahl nicht verwöhnt, weswegen auf die Liebe im Fleisch ein wenig Meltau gefallen war. In diesem Punkte gedachte der Herzog die geliebte Schülerin zu belehren, und um den Boden zu bereiten für ein zärtliches Gespräch, legte er ihr ein kostbares Perlenhalsband um den Nacken und begann sich sehr zu bemühen.

Die gute Fränzel sah das Geschenk lange an, aber nicht die Schülerin, sondern die kleine Lehrmeisterin, die in ihr steckte, meldete sich zu Wort und wagte den Herzog zu fragen, ob er denn das Geschenk nicht zu teuer bezahlt habe.

Karl, der vom Gewinn seines Salzgeschäftes viele Halsbänder hätte erwerben können, war bestürzt und sah sich vor einem neuen Hindernis. Aber die Fränzel half ihm, ohne es zu wissen, darüber hinweg, indem sie sagte: „Mon Cher, womit kann ich euch eine Freude erweisen, um eure Großmut auszustechen?"

Der Herzog antwortete ein wenig gewunden, daß er die Perlen nicht zählen werde, die er seiner lieben Fränzel noch schenken wolle – und er sei gewiß, daß sie ihrerseits die Skrupel ihres zarten Gewissens alsbald zu einem artigen Kollier vereinigt haben werde, das sie ihm getrost um den Hals hängen dürfe; er wolle es mit Freuden auf seinem Leibe tragen und ihretwegen gern ein Stündchen länger in der Hölle sieden!

Da war das Erschrecken bei der Leutrum. Ihr Gesichtchen wurde wechselnd rot und blaß, und ihr Auge heftete sich verlegen auf ein Bild mit einem nackenden Schäferpaar, das auf die goldbordierte Tür des Gartensaales gemalt war, und seufzend sagte sie:

„Mon Dieu, ich habe nicht besorgt, daß mein Freund auch in den Dingen der Liebe ein Diplomat ist!"

Vor der Tür des Gartensaales hielt der Korporal von Stetten im grünen Rock der herzoglichen Jäger die Wache, und da die Fenster offenstanden, belehrte der Fürst, ohne es zu wissen, auch seinen Soldaten in der Kunst der Diplomatie. Am andern Tag trug die Belehrung ihre Früchte, als der Herzog bekanntgeben mußte, daß die durchlauchtigste Gräfin ein preiswürdiges Perlenhalsband verloren hatte, das dem Finder, der es brächte, keinen geringen Lohn eintragen sollte. Der Korporal, der die Wache gestanden hatte, wußte den Weg, den der Fürst mit seiner Geliebten am Nachmittag zum Schloß gegangen war, und auch den Ort vor dem Steinbild des Adonis, wo der Liebhaber auf den Lippen der Gräfin seine Perlen für Korallen eingetauscht und eine stattliche Potter von Küssen mit nach Hause gebracht hatte.

Dort, wo die Liebenden vor ihrem nackten Heiligen das erste Opfer ihrer Liebe gebracht hatten, fand er die zerrissene Kette und die Perlen, zerstreut im Gebüsch. Der schöne Süßling lächelte von seinem Sockel herab, als verstünde sich das Opfer von selbst, samt den Tränen, die die Gräfin ihren verlorenen Perlen nachweinte. Pfeffer hob sie sorgsam auf und ließ sie einzeln in seine Tasche gleiten. Wenn er bedachte, wieviel holde Stündchen die Gräfin dem Herzog dafür schuldete, mochte er rot werden! – Aber was eine rechte Gräfin ist, dachte Pfeffer, muß die Perlen nehmen, sonst ist's keine Gräfin! Und was ein rechter Pfeffer ist, der es mit dem Volke hält, muß die Perlen dem Herzog wieder ins Schloß tragen, sonst kauft er neue – und die Stettener müssen noch mehr Salz essen als die Zeit her! –

Also ging Pfeffer zum Herzog.

Aber die Leibwache wollte ihn nicht einlassen. Der Hauptmann auf der Wachstube, dem er vorgeführt wurde, ließ ihn barsch an: „Was willst du beim Fürsten? Schelme dürfen nicht vor den Herzog!"

„Ich bin der einzige unter vielen", sagte Pfeffer, „der ihm was bringt, statt zu holen!"

„Wenn du dich mausig machst", drohte der Hauptmann, „dann setzt es Prügel vom Herzog!"

„Wenn er mir mit Prügeln dankt für das, was ich ihm zu bringen habe", sagte Pfeffer, „wohlan! Es ist sein Recht. Er ist der Herzog. Wenn er mir aber mit Goldgulden dankt –."

Da wurde der Hauptmann hellhörig, und da er

von der verlorenen Kette wußte, und was sie dem Finder eintragen sollte, veränderte er den Ton und fragte Pfeffer: „Hast du vielleicht die Perlen gefunden?"

Statt einer Antwort griff Pfeffer in die Tasche und raschelte darin. Der Hauptmann zog die Brauen hoch und sagte:

„Du wirst wohl wissen, was du deinem Hauptmann schuldig bist!" – und er meinte, Pfeffer müßte ihm die Perlen abtreten, daß er den Finderlohn selbst verdienen könnte!

Pfeffer verstand nicht gut auf diesem Ohr und sagte:

„*Was* ich euch schulde, weiß ich gut! Es ist der *Respekt*, den Ihr wohl meint!"

Der Hauptmann kam außer sich vor Zorn und Unruhe und schrie:

„Respekt hin, Respekt her! Du bist ein Tölpel und gibst mir die Kette als deinem Hauptmann, oder ich lasse dich nicht passieren!" – und er stellte sich breitbeinig vor ihm auf, wichste den Schnurrbart und funkelte ihn an.

Doch Pfeffer ließ sich nicht aus der Ruhe bringen, deutete auf das herzogliche Ausschreiben, das an der Wand hing und besagte, daß der Finder der Perlenkette jederzeit freien Zugang zum Herzog haben sollte.

Das wußte der Hauptmann wohl, da es ihm aber

um den hohen Lohn zu tun war und Pfeffer sich nicht einschüchtern lassen wollte, änderte er die Taktik, führte seine magere Löhnung, sein Weib und seine vielen Kinder ins Feld und bat seinen Korporal, ihm wenigstens die Hälfte seines Gewinnes abzulassen. Pfeffer wiegte den Kopf.

„Da ich nicht weiß, wieviel mir der Herzog geben wird“, sagte er, „könnte es mich vielleicht reuen, wenn ich euch die Hälfte meines Lohnes ablasse – und euch vielleicht auch! Wie wär's mit einem Drittel?“

„Du bist ein schlechter Kamerad“, antwortete der Hauptmann, „aber wenn du's nicht anders tust, will ich mit dem schäbigen Drittel zufrieden sein!“

Sie schlugen sich in die Hand, Pfeffer erhielt seinen Schein und konnte passieren.

Als er im Schloß über die große, marmorne Treppe stolzierte, trat ihm der Lakai des Herzogs entgegen und fragte ihn, was er im Schloß zu suchen habe.

„Fürstlichen Lohn!“ antwortete der Korporal.

„Zwei Batzen, und keinen Heller mehr!“ lachte ihm der Lakai ins Gesicht, „das ist die Löhnung, die einem Korporal gebührt! Die zahlt der Zahlmeister. Aber was will der Soldat beim Herzog?“

„Ich gedenke ihm so gut zu dienen wie Ihr!“ antwortete ihm Pfeffer.

„Ei was!“ lachte der Lakai, „dann mußt du aber deine Stiefel ausziehen und nicht dahertraben wie ein Roß!

Und wo hast du denn Manieren gelernt? Bei den Melkmägden deines Vaters im Kuhstall? Zeig mir doch deine Hände!"

Pfeffer wies ihm seine geschonten Spielmannsfinger – und der Lakai fing an zu fürchten, Pfeffer möchte sich im Ernst um Lakaiendienste bewerben und ihn beim Herzog verdrängen.

„Sprichst du Französisch?" fragte er höhnisch.

„So gut wie Ihr", antwortete ihm Pfeffer, „mit weniger als zehn Brocken kommt Ihr gewiß aus, wenn Ihr das übrige näselt!"

Darüber wurde der Lakai zornig und sagte: „Wenn du glaubst, dir mit Frechheiten den Weg zum Herzog zu ertrotzen, will ich dir den Weg verstellen! Die Schloßwache soll dich verhaften, du Lümmel!" – und er eilte die Treppe hinab, um sich mit dem Hauptmann zu besprechen.

Der war nun gar nicht der Meinung, daß man den Soldaten hinauswerfen müsse, denn es hing ein ordentliches Stück Geld an seinem Rock, und er redete sich darauf hinaus, daß er ihm schon den Passierschein gegeben hätte. Als der Lakai drohte, das ganze Schloß in Aufruhr zu bringen, wenn der Soldat nicht von der Stelle gejagt würde, ließ sich der Schnauzbart herbei, dem Bedienten zu verraten, daß er einen Goldguldenfisch eingelassen habe, den man ordentlich schuppen könne, und entdeckte ihm sein Spiel. Der Lakai war nun auch der Meinung, daß man eine so gute Falle offenhalten müsse, und bedankte sich bei dem Hauptmann. Bedächtig kam er zu Pfeffer zurück und sagte, daß ihm der Weg zum Herzog offenstünde, wenn er sich ihm gegenüber ebenso erkenntlich zeigen wolle wie dem Hauptmann.

„Ihr sollt nicht schlechter und nicht besser fahren", versprach ihm Pfeffer, „als der Hauptmann!"

„Das ist ein schönes Wort!" sagte der Lakai und ließ Pfeffer passieren.

Im Vorsaal stieß der Korporal auf den Hofmeister, der genau zu wissen verlangte, in welchen Geschäften der Soldat zum Herzog wolle. Pfeffer gab ihm zu verstehen, es handle sich um geheime Dinge, aber der Hofmeister verwies ihm eine solche Anmaßung und winkte mit dem Handschuh ab.

Indessen verstand der Lakai, der Pfeffer nachgefolgt war, um seine Beute gleich vor der Tür des Herzogs in Empfang zu nehmen, den Hofmeister in ein Gespräch zu locken, währenddessen Pfeffer vornehm auf die Seite trat und sich schneuzte. Nachdem sich die beiden besprochen hatten, winkte der Hofmeister mit seinem Handschuh, rieb Deutfinger und Daumen an der Linken wie beim Geldzählen und sagte damit mehr als die beiden andern mit ihrem Mundwerk – und der Weg zum Herzog war frei.

Karl, der sein Schläfchen gern unterbrach, geriet in die fröhlichste Laune, als ihm der Korporal die wiedergefundenen Perlen überreichte, und erlaubte dem

Soldaten, die Höhe seines Lohnes selbst zu bemessen. Pfeffer trat einen Schritt zurück und bat um fünfundsiebzig Streiche. Das hatte der Herzog nicht erwartet.

„Ich kenne dich Schelm!“ sagte er lachend, „aber was steckt hinter dieser merveilleusen Bitte, die ich dir gerne erfüllen würde, wenn du die Streiche verdientest?“

„Gebt mir den Lohn, den ich verlange!“ sagte Pfeffer, „zumal ich nicht mehr Herr über ihn bin und ihn schon an euren Lakaien auf der Treppe, an den Hauptmann auf der Wache und an euren Hofmeister vor der Tür zu je einem Drittel verteilt habe, sonst hätten sie mich nicht zu euch gelassen! Mir tun die Streiche nicht weh!“

Der Herzog schaute auf einmal düster. Er kannte seine Kreaturen!

„Wenn du kein Schelm wärest, du verdientest, mein Diplomat zu werden!“ gefiel er sich zu sagen.

„Dank für die Gnade!“ fiel ihm Pfeffer ins Wort, „aber ich scheue den Galgen! Scheute ich ihn nicht, mit Freuden ginge ich in eure Schule!“

Der Herzog stutzte, dachte sich ein wenig bei dem, was Pfeffer sagte, und fragte mit einem mißtrauischen Blick: „Du stehst bisweilen Wache bei mir?“

Pfeffer nickte.

„Weißt du, daß es oberste Diplomatenpflicht ist, zu schweigen? Versteht er mich? Und hier ist sein

Geschenk, hundert Gulden! Die Prügel, die er verteilt hat, kommen an ihre Leute!"

Vor der Tür des Kabinetts stand die Gräfin, die der Hofmeister herbeigerufen hatte, und fragte Pfeffer, was er beim Herzog zu tun gehabt, aber der Belohnte erinnerte sich seiner obersten Pflicht und gab ihr zur Antwort:

„Halten zu Gnaden! Fragt ihr jeden Diplomaten?"

Das Maienregelein im „Goldenen Ochsen"

Am andern Tag mußte der Hauptmann auf dem Schloßplatz ins Karree treten und bekam vom Stockmeister seine wohlverdienten Prügel aufgezählt. Fünfundzwanzig, wohlbemessen, soviel er begehrt hatte! Den Hofmeister und den Lakaien jagte der Herzog zum Teufel. Damit der Subordination und dem Respekt der Soldaten vor ihren Hauptleuten kein Abbruch geschehen sollte, wurde Pfeffer in ein anderes Regiment eingereiht.

Zuvor erteilte ihm der Herzog für sein doppeltes Verdienst um das fürstliche Haus eine Freizeit von vier Wochen, die er verbringen durfte, wo er wollte – und Pfeffer schlüpfte in den schönsten Uniformrock und lief nach Stuttgart.

Im „Goldenen Ochsen" am Viehmarkt ließ er sich ein Nachtmahl um einen Gulden bereiten, schlemmte und zechte und bedauerte nur, daß die Gräfin nicht alle Tage ein Halsband zu verlieren hatte.

Er schwelgte noch nicht lange, da setzte sich ein Kumpan zu ihm an den Tisch, ein Kerl, lang wie ein Wiesbaum, mit verpichter, fadenscheiniger Perücke, auf die schon lange kein Puder mehr gefallen war, nannte sich Kronenbitter und sagte, er sei Furierschütz bei einem jungen Feldscher. Kaum daß er sich gesetzt, erkor er Pfeffer zwangsweise zu seinem Wohltäter und Spendierer, und die beiden gerieten in ein Schnabulieren und Possenreißen, Juchheien und Bramarbasieren, worüber der durstige Furier das Trinken keineswegs vergaß, trommelten auf den Tisch und ritten auf den Stühlen kreuz und quer durch die Wirtsstube, tranken Duzbruderschaft und hatten sich immer noch eins zu erzählen, denn der Furier stammte aus Rommelshausen, eine Stunde weit von Stetten.

Mit den einheimischen Weinen, den hellroten Schillern und den bitzelnden Säuerlingen hatten sie angefangen, waren aber längst die Stufenleiter über den Rhein- und Moselwein emporgeklettert, tranken die Franzosen wie das helle Wasser und fanden nicht viel daran, nickten wohl ab und zu bei den schwarzdunklen Spaniolen, schmatzten beim Tokaier und meinten erst auf dem Berge zu sein, als ihnen der Cyper und der Wein vom Kap vor die Stirn stieß wie ein Heuwagen. Beim Cyper blieben sie, und der

Furier, der viel vertrug, aber noch mehr renommierte, nannte ihn sein Maienregelein, sein Zungenbädlein, sein Stirnstößerle und sein Himmelbettchen.

Nachdem sie eine gute Weile auf dem Berge angehalten, merkten sie, daß es ganz von selbst wieder mit ihnen abwärts gehe, und beschlossen, ernsthaft zu reden.

Da wurde der Furier nachdenklich.

„Mein Feldscher sagt“, fing er an, „es wäre an der Zeit, daß ich heirate! Was meinst du dazu, Pfeffer?“

„Heiraten“, sagte Pfeffer besonnen, „rate ich nicht! Furierschütz sein, ist eine vermaledeite Profession! Bekömmt er nicht jeden Tag Schimpferei zu hören, weil er nicht genug herbringt? Willst du auch noch Furierschütz bei deinem Weibe werden? Eher schlüge ich dir beide Beine ab, als daß ich zusehe, wie du heiratest!“

„Du bist grob und – offen, Bruderherz!“ entgegnete der Furier, „aber zu was rätst du mir sonst? Soll ich auf Ewigkeit vertrauern und versauern?“

„Ich gebe dir einen christlichen Rat“, antwortete ihm Pfeffer, „du mußt – eine Liebschaft haben!“

„Ist das nicht das nämliche?“ fragte der Furier erstaunt.

„Es ist ein klein wenig was anderes!“ belehrte ihn Pfeffer.

„Und das wäre?“ fragte der Furier.

„Es ist so:“ holte Pfeffer aus, „furagierst du eine

Ledige, so dankt sie dir's, weil sie nicht weiß, ob sie wieder einen so tüchtigen Furier kriegt wie dich!"

„Ich bin ein guter Furier", sagte Kronenbitter, „der Feldscher sagt's jeden Tag . . ."

„Ich meine es ein wenig anders als dein Feldscher", sagte Pfeffer schalkhaft, „aber du wirst mich verstehen!"

„Wie soll ich's?" fragte Kronenbitter.

„Versteh! Du furagierst dein Mädchen einfach mit – der Liebe und fährst jeden Tag einmal mit deinem Wägelein bei ihr vor!"

„Hoppla!" rief der Furier.

„Nimm ein Zungenbädlein, Kronenbitter!" fuhr Pfeffer fort, „und merke, ein Soldat muß eine Liebschaft haben! Zum ersten, weil er ein Soldat ist! Zum zweiten, weil der Soldat eine Liebschaft braucht, und zum dritten, weil er gerne renommiert! Das ist Anfang und Ende aller Weisheit!"

„Ich will's mit meinem Feldscher bereden!" meinte Kronenbitter darauf und nahm ein Zungenbädlein.

Pfeffer sah ein, daß er nicht weiter kam mit ihm und versetzte sich desgleichen ein Stirnstößerle.

Danach ließen sie beide zusammen ein Maienregelein über sich ergehen und hatten endlich Lust, nachdem sie voll des süßen Cypers waren, jeder für sich ins Himmelbettchen zu fallen – und sanken sich zum Abschied gerührt um den Hals.

Unter der Laterne vor dem Wirtshaus fragte Pfeffer den wankenden Kumpanen: „Wie heißt er denn, dein Feldscher, von dem du so viel erzählt?“

„Schiller!“ lallte der Furier.

„Hält nicht den Vergleich mit dem Cyper!“ meinte Pfeffer und war noch beim Wein.

„Und wie sieht er aus?“

Der Furier gab sich einen Ruck und sagte: „Rote Haare hat er wie du! – Dichtet und schnupft.“

„Dann hat er wohl einen argen Geschmack an sich?“ riet Pfeffer.

Da riß sich der Furierschütz mit Gewalt zusammen und gab zur Antwort: „Wie Feuersbrunst!“

Der Hundertguldentraum

Als Pfeffer am andern Morgen in seiner Herberge erwachte, merkte er, daß er einen Heiligenschein um den Kopf hatte und wunderte sich, daß er die Sonne doppelt im Fenster sah. Weil es ihm im Giebel so sehr spukte, daß er kaum über die Nase sehen konnte, schlich er sich in den Hof an den Brunnen, um das Hirnfeuer mit Wasser zu löschen und meinte gar zu hören, daß es zischte. Da fiel ihm seine Mutter ein, es quälte ihn auch, daß er dem Furier so schlechte Ratschläge gegeben hatte – und er kroch wieder in sein Bett und gelobte sich zu bessern. Er fiel in einen zweiten Schlaf und träumte, er sei der Herzog von Württemberg, wohnte im alten Schloß zu Stetten und läge den halben Tag im Luderbett.

Des Morgens ließ er sich von Dorle, die seine Aufwärterin war und in seidenen Kleidern daherrauschte, die Schokolade ans Bett bringen und unterhielt sich mit ihr übers Wetter. Hernach besprach er sich mit seinen Dienern, unter denen der Schulmeister, den er ein wenig hunzte, der geringste war, ob man zur Jagd reiten oder ein Wasserfest auf dem See geben wolle, um den Stettenern zu zeigen, was man vermöge, wenn man Herzog geworden!

Er beschloß die Jagd, ließ den Jägern blasen und schritt mit seinem Vater, der sein Kastenverwalter geworden war und unter einer schneeweißen Perücke neben ihm daherstöckelte, durch die Reihen seiner Lakaien, und sie nahmen alle den Hut vor ihm ab, aber vor seinem Vater verbeugten sie sich tief. Jetzo ging es auf den Pferden querfeldein, und die Stettener, die auf den Äckern waren, traten an den Weg, standen mit krummen Rücken auf ihren Karst gebückt und bezeugten ihm den Respekt.

Ricke, seine Mutter, fuhr ihm in der Chaise nach und ließ bisweilen durch einen reitenden Jäger fragen, ob ihr Herr Sohn noch keinen Imbiß begehre! Er spürte aber weder Hunger noch Durst, weil er am Tage zuvor gepraßt hatte, und ließ ihr sagen, sie möge an ihren eigenen Magen denken, den Herzog lüstete nur auf ein wenig Wildbraten, wenn er am Abend heimkehrte.

Und im Sturme ging es weiter! Auf dem Kernen schoß er ein Halbhundert Rehböcke und Sauen, und als es nachtete, wurde er mit Fackeln ins Schloß gebracht. Dort nahm er ein Bad, ein kühles, erfrischendes, schnatterte und fluderte wie eine Gans und wollte sich eben vom Schulmeister, der ihn bedienen mußte, in weiche Tücher einhüllen lassen, da erwachte er, und sein Gesicht troff von Wasser. Kronenbitter, der Furier, stand in seiner Stube und drückte einen vollen Schwamm über seinem Gesichte aus, um ihn zu wecken.

„Schade", sagte Pfeffer und wünschte ihm einen guten Morgen, „hättest du mich schlafen lassen, dann wäre ich Herzog geblieben und hätte dir eine reiche Braut besorgen können!"

„'s ist wirklich schade", meinte Kronenbitter dazu, „aber wenn du mir zwanzig Goldgulden borgst, will ich mir eine neue Perücke machen lassen, und dann getraue ich mir selber eine zu finden! So reich braucht sie ja nicht zu sein!"

Pfeffer gab ihm die Gulden und ließ sich von ihm einen Schuldschein schreiben.

Dann gingen sie im „Graben" spazieren, mischten sich unter die vornehmen Leute und lüpften den Hut voreinander, wenn sie sich anredeten. Je länger sie gingen, desto mehr wurde Pfeffer der Meinung, daß er einer Braut ebenso würdig sei wie der Furier, dem er ausgeholfen hatte, und es lüstete ihn heimzugehen nach Stetten, um sich dort in seiner Freizeit ein wenig umzuschauen.

Es reimte sich zwar schlecht zusammen mit dem,

was er zu dem Furier am Abend gesagt hatte, aber einer, der Geld hat, kann sich erlauben, auch einmal anders zu handeln, als er gewohnt ist – und warum sollte es Pfeffer nicht?

Galt's nicht auch, seiner Mutter einen Wunsch zu erfüllen?

Also gab er dem Furier den Laufpaß, der sogleich zum besten Perückenmacher lief, und wanderte nach Fellbach, einem Ort nahe bei Stetten, so benannt, weil die Gerber ihre Felle in dem dortigen Bach schwenkten, wobei ihnen oft einige davonschwammen.

Die Mädchen von Fellbach

Dort kannte er zwei gutartige Töchter verschiedener Eltern, die trugen lange Zöpfe, waren sehr ehrbar und hatten Lust zu heiraten. Ricke, seine Mutter, hatte sie ihm oft bedeutet und gewünscht, er möge sie im Auge behalten. Die erste, die Christel hieß, war ein schäffiges Ding und sparsam, eine echte Schwabentochter ohne Flausen und Launen, dabei kinderlieb und treu, wohnte bei ihrer Mutter und betrieb mit ihr die Bäckerei ganz allein, seit ihr Vater, der Bäck, gestorben war. Sie wohnten gleich bei den ersten Häusern des Fleckens, wenn man von Cannstatt kommt, hatten alles in guter Ordnung und lebten still für sich. Man kam ihnen nie zu unrechter Zeit, außer am Samstag, wenn sie klopften und putzten; da wollten sie nicht gestört sein, denn das Putzen und Scheuern ist bei den Schwäbinnen eine fast heilige

Handlung, die gleich nach dem Kirchgang und dem Stundenlaufen kommt.

Allein Pfeffer war so außer der Zeit, daß er nicht wußte, daß wieder eine Woche zu Ende war, und sich sehr verwunderte, als er es gleich bei der ersten schlecht antraf.

Er sah das Häuschen schon von der Ferne, wischte sich den Schweiß vom Gesicht, denn man sollte ihm die Eile nicht ansehen, die ihn hergetrieben hatte, dann durchschritt er das Gärtchen und klopfte bescheiden.

Aber da rührte sich nichts, und als er das Ohr an die Tür legte, hörte er nur, daß jemand auf der Treppe fegte und zufrieden vor sich hinsummte. Es war gewiß die Christel!

Er klopfte zum zweiten, da hörte das Summen und das Fegen auf.

Nach einer Weile beselte es dicht vor der Tür, da wagte er zum drittenmal zu klopfen, und die Christel, die hinter der Tür stand, rief:

„Wer will uns was um Feierabendszeit?"

Pfeffer antwortete: „Macht nur auf, Jungfer Christel! Ich bin's. Meine Mutter schickt mich!"

„Wer ist der Ich?" fragte das Mädchen hinter der Tür.

„Ei, der Teufel!" antwortete Pfeffer ungeduldig, „macht doch auf! Kennt ihr mich nicht an der Stimme?"

Das Mädchen hob den Riegel, wagte einen Spalt aufzutun und lugte heraus, den Kopf eingebunden wie eine Nonn', mit unfrohem Gesicht und Scheuerdreck darauf, und als sie den Korporal sah, schrak sie zusammen wie die Kindsbetterin vor dem bösen Blick, schlug die Tür sogleich wieder zu und rief ihrer Mutter, die unweit in der Küche stand:

„Mütterle, die siedig' Teufel steht draußen und sagt, seine Mutter schickt ihn aus der Höll'!"

Darüber fingen die törichten Weiber so jämmerlich zu schreien und zu schrillen an, daß Pfeffer der Teufelei schleunig ein Ende bereitete, behutsam beiseite schlich und Heirat und Bäckerei verlorengab.

Am andern Ende des Fleckens wohnte die Sabine, ein Mädchen von der stillen und sanften Art, eines Gärtners Tochter. Er traf sie mit ihrem Vater vor dem Törchen ihres Gartens, und da die beiden eben in die Betstunde gingen, luden sie Pfeffer ein, mitzuhalten.

Der Sabine machte es Freude, sich mit einem so schmucken Soldaten dort zu zeigen, und den Gärtner, ihren Vater, der ein großer Pietistenmacher war, focht es an, den jungen Sünder zeitig zu bekehren.

Also ging Pfeffer mit ihnen in die Betstunde, die in einem Bauernhause abgehalten wurde, wo die männlichen und die weiblichen Pietisten streng getrennt während der Andacht den Worten ihrer Vorbeter und Prediger lauschten, die nichts Besseres waren als Bauern wie sie selbst, aber weiter fortgeschritten im Glauben und im geistlichen Verstande. Die saßen zu dreien vor einem Tischlein an der Wand, hatten die Bibel vor sich liegen und eine mächtige Schnupfdose, die sie während der Andacht emsig hin und her schickten, und da sie abwechselnd predigten und die Schrift auslegten, lag es nahe, daß sie dabei tüchtig priesten, niesten und sich schneuzten!

Daß man solchermaßen die Würze der Weisheit durch die Nase ziehen und dann wiederum als linden Tau auf die Köpfe der Andächtigen regnen lassen konnte, hatte Pfeffer noch nirgends gesehen!

Was sie überdies von sich gaben, war weit weniger gewürzt, aber gut gemeint und im Ton der betrüblichen Klage vorgebracht.

Als einer von den drei Weisen, den sie Vater Kachel nannten, und der am weitesten fortgeschritten war im Geiste, vom täglichen Sündensturz des Menschen auf seine Art in Bildern zu reden begann und sagte:

> „So einer vom ersten Stock seines Hauses auf die Erde fällt, tut's ihm weh,
> so er aber vom zweiten abekömmt – ist er he (hin)"

und den gefährlichen Sturz mit einem nassen Donnerwetter aus seiner Nase begleitete, lachte Pfeffer frei heraus, denn er meinte, er müßte ihm Beifall geben –

da blickten sie ihn böse an, rückten eilig von ihm ab, als ginge Teufelsgestank von ihm aus, und Pfeffer tat gut, durch die Tür zu entwischen, und beklagte nur, daß ihm die Sabine nicht folgte, die er nun auch verlorengeben mußte wie die Bäckerstochter.

„So steht es um die ehrbaren Töchter!“ sagte Pfeffer zu sich selbst im Weitergehen, „die eine hat Putztag und hält dich für den Teufel! – und die andre will einen Betbruder aus dir machen, ehe sie dich angeschaut hat! Da halte einer Hochzeit!“

Während er so klagte und sich über den Weltlauf erbitterte, kam ihm der Furier in den Sinn, und er fuhr fort:

„Armer Kronenbitter! Zu was allem wirst du dich verdingen müssen, bis du dich mit deinem Röschen oder Gretlein unter ein Laken schmiegst! Hast wohl zum letztenmal Cyper getrunken! Und deine neue Perücke, die dich ins Unglück reißt, wird dir noch viel Grindbeißen und Kopfkratzen einbringen! Bist sie ohnehin einem anderen schuldig!“ Zumal fing er an, sich darüber zu freuen, daß sich das Brautwerben so widerhaarig angelassen hatte und er so billig davongekommen war, schrie laut „Bin ich nicht frei und ledig?“, und niemand bestritt es ihm, tat einen Luftsprung und rannte wie ein Füllen auf Stetten, immerfort hinter sich schauend, ob nicht was nachkäme!

Am anderen Tage wanderten seine Goldgulden in die Sägemühle, bei der Jakob Ulrich in Schuld geraten war, und machten dort einige Bretter bezahlt, die schon lange unter der Erde faulten.

Pfeffer-Vater segnete seinen Sohn, und Ricke dankte es ihm mit Tränen. Nur einer war, der lachte, Vetter Melchior, der Fiedler, froh, daß er wieder seinen Kumpanen hatte.

Die Kumpanei nahm sogleich wieder ihren Anfang, und Pfeffer fiedelte seine vier Wochen im Lande umher, vertrank, was er gewann, und ließ den Fellbacher Mädchen sagen, sie möchten schön geduldig sein und warten, bis es wieder – Perlen zu finden gäbe!

Des Herrgotts Bankier

„Sie haben allesamt Kälberaugen hier“, sagte Pfeffer unterwegs zu seinem Oheim, nachdem sie drei volle Tage ohne Gewinn gefiedelt hatten. Melchior hatte seinen Kumpan bewogen, mit ihm in die katholischen Länder zu gehen, aber da waren sie übel angekommen. Es waren gleich drei „Heilige“ in einer Woche zusammengestoßen, und das Fiedeln wurde ihnen von den Pfarrern untersagt. Nun lagen sie mit ihren Fiedelsäcken an einem Waldrand, sahen auf die Zwiebeltürme hinaus, die aus den Dörfern aufstiegen, und überlegten sich die Heimkehr.

„Wen meinst du mit den Kälberaugen, David?“ fragte der Oheim.

„Wen soll ich meinen?“ antwortete Pfeffer. „Es sind die Katholischen, die Kälberaugen haben, darum sind sie aber nicht weniger pfiffig!“

„Ich verstehe mich nicht auf die lamentable Musik“, sagte der alte Fiedler, „darum haben wir hierzuland kein Glück. Jetzt hilft uns nur noch die Lotterie. Aber man spielt keine weit und breit!“ Er wälzte sich zweimal um sich selbst im Gras, dabei klirrte das Geld in seiner Hosentasche.

„Lotterie ist überall“, erwiderte Pfeffer und blies durch die Nase. „Gib mir dein Geld, Oheim, ich will dir’s zeigen!“

„Einen halben Taler setz ich aus!“

Nachdem Pfeffer das Geld hatte, ließ er den Oheim im Gras schlafen, setzte sich unter ein Feldkreuz, das am Wege stand, und mischte ein Kartenspiel. Es dauerte nicht lange, da kam ein Geistlicher des Weges, sah ihn unterm Kruzifix kauern und Karten spielen.

„Was tust du da, mein Sohn?“ fragte er halb verwundert, halb ärgerlich.

„Ich habe Langeweile“, erwiderte Pfeffer, „da hab’ ich mit dem Herrgott ein Kartenspiel begonnen. Das Geld dazu hab’ ich ihm geliehen.“

„Wer ist bis jetzt der Gewinner?“ fragte der Pfarrer.

Sprach Pfeffer: „Wenn euer Herrgott sich weiter so hält, bleibt mir kein Kreuzer übrig. Diesen Haufen Geld hat er mir schon abgewonnen.“

„Dann darf ich das Geld wohl mitnehmen; ich bin des Herrgotts Diener und Kassier.“

„Versteht sich“, sagte Pfeffer, „er hat's im ehrlichen Spiel gewonnen.“ Der Geistliche steckte das Geld ein und ging weiter. Dann und wann schaute er zurück, ob ihm der Narr nicht folge, aber der saß noch immer da und spielte mit dem Herrgott Karten. Als der Geistliche im nächsten Dorf die Besorgung erledigt hatte, um deretwillen er unterwegs war, dachte er: „Nun mußt du doch nochmal vorübergehen und seh'n, ob es weiter was zu gewinnen gibt!“

Als er wieder bei Pfeffer am Feldkreuz angekommen war, fragte er: „Wie sieht's denn jetzt hier aus?“ Pfeffer schaute recht kälberäugig und erwiderte: „Das Blättchen hat sich gründlich gewendet. Unser Herrgott schuldet mir schon fünf ganze Taler. Und da ihr des Herrgotts Bankier seid, müßt Ihr sie mir ausbezahlen!“ Der Geistliche mochte sich sträuben, soviel er wollte, es blieb ihm nichts anderes übrig, als die verspielten Taler herzugeben.

„Wie steht's mit der Lotterie?“ fragte Onkel Melchior, als Pfeffer wieder an den Lagerplatz kam.

„Der Herrgott ist hierzuland ein prompter Zahler“, sagte Pfeffer, „und seine Diener sind gewissenhafte Leute. Ich habe ein wenig Karten mit ihm gespielt, und sein Bankier hat die Rechnung mit mir ausgemacht. Zu unseren Gunsten, wie du siehst!“ und warf dem Oheim die fünf Taler in den Hut.

Auf dem Zeil'schen

In der zweiten Woche, da sie auf Wanderschaft waren, fragte der Oheim seinen Neffen: „Durch wieviele Fürstentümer sind wir schon hindurch?"

„Es mögen gut fünf und ein Viertel sein", antwortete Pfeffer, der die Gewohnheit angenommen hatte, vor jedem neuen Grenzpfahl einen Tanz aufzuspielen. „Wenn es so weitergeht, spielst du nur Dreingaben ... Wo sind wir denn jetzt gerade?"

„Es ist der Herr von Zeil, dem ich an seinem Grenzpfahl aufgespielt habe", sagte Pfeffer. „Sitzt der gnädige Herr auf seinem Schloß, dann kann er den Zoll selber einstreichen, wenn er nur die Hand aus dem Fenster streckt!"

„Keinen Respekt! Keinen Respekt!" murmelte der Oheim. Da standen sie vor einem Zigeunerwagen. Die Zigeuner hatten ihre beiden Pferde am Grenzpfahl festgemacht, lagen neben dem Wagen, der mit einer Blahe überzogen war, und machten Augen, wer da käme. „Sagt mal“, rief Pfeffer zu ihnen hinüber, „liegt sich’s schön auf dem Zeil’schen?“

„Wie du siehst“, antwortete der Älteste von den Zigeunern, beklopfte sich den Hintern und fügte hinzu, „ihr müßt aber von weit her kommen, da ihr das Wort A . . . nicht kennt!“

Sie kämen von sehr weit her, sagte der Schalk, nämlich von dort, wo es den Pfeffer gibt.

„In dieses Land sollen wir auch“, sagte der Alte, „wenigstens weisen uns alle anständigen Leute nach dort.“

„Für heute weiß ich was Einträgliches in der Nähe“, bemerkte Pfeffer.

Da horchten sie alle auf, erhoben sich vom Zeil’schen und wollten wissen, wo es was gäbe.

„Geht in das nächste Dorf, das wir hinter uns haben“, sagte Pfeffer, „dort sind sie auf die Wallfahrt gegangen. Die Gänse und Hühner sind daheim geblieben, versteht sich!“

„Und die Hunde?“ fragte der Alte mißtrauisch.

„Sind mit auf die Wallfahrt gegangen. Was wedeln und scharwenzeln kann, geht mit!“

Die Zigeuner überlegten nicht lange, ließen ihren Wagen auf dem Zeil’schen stehen und gingen im Husch über die Grenze. Als keiner mehr von ihnen zu sehen war – auch ihre Weiber waren mitgegangen –, spannte Pfeffer die Pferde vor den Wagen, bestieg den Bock und kutschierte den Oheim ins Zeil'sche hinein. Es dauerte nicht lange, dann sahen sie das Schloß. Es lag auf einer kleinen Anhöhe. Schön im Schritt fuhren sie auf einer Allee mit Maulbeerbäumen. Ein Zeil'scher Jäger mit zwei reißenden Hunden kam ihnen entgegen, und als sie an ihm vorbeifahren wollten, hielt er die Pferde an und fragte:

„Wohin des Wegs?"

„Immerzu ins Zeil'sche hinein", rief Pfeffer vom Bock herab, „oder sind wir schon darüber hinaus?"

„Wer seid ihr Gesindel?" sagte der Herr.

„Zwei Könige aus Morgenland", antwortete Pfeffer, „ich heiße David und der neben mir heißt Melchior. Sind wir nicht des Grußes wert?"

Der Angeredete verbiß seinen Ärger und sagte: „Ich bin nur der Herr von Zeil. Kann ich den Königen mit einer Aufwartung in meinem Schloß dienen?"

„Sehr wohl", sagte Pfeffer und kratzte sich am Kopf, „steigt auf und laßt eure Köter vorauslaufen!"

Der vermeintliche Jäger, der in Wirklichkeit der Herr von Zeil war, setzte sich zu ihnen auf den Bocksitz und hatte bald heraus, daß er es mit dem Schalk zu tun hatte, von dem viel gesprochen wurde.

„Nicht wahr, mein Bürschchen", sagte er, „du bist von Stetten, wo die Schalksnarren herkommen?"

„Ich beliebe manchesmal dort zu weilen“, antwortete Pfeffer.

„Ich habe schon viel von dir gehört. Auf meinem Schloß sollst du Wein kriegen“, sagte der Herr. Da waren sie schon durch das Tor hindurch, und das Wägelchen kam zum Stehen. Oheim Melchior, der dem Frieden nicht traute, blieb auf dem Bocksitz zurück, und Pfeffer wurde einem starken Weinknecht übergeben, der den Gast in den Keller führte. Zuvor mußte er sich von seinem Herrn sagen lassen, wie der Gast zu traktieren sei. Er solle ihn nämlich dort unter Wein setzen. Wenn Pfeffer im besten Zuge sei, solle er ihn mit dem Ochsenziemer abprügeln und zum Schloß hinauswerfen. Pfeffer und der Weinknecht stiegen in den Keller. Der Knecht schenkte ein. Pfeffer lobte den Wein. Als der Knecht glaubte, daß es an der Zeit wäre, griff er nach dem Ziemer. Blitzschnell erkannte Pfeffer die Gefahr. Mit einem Ruck riß er den Hahnen aus dem Faß und warf ihn weit weg. Der Knecht sprang hinzu und steckte den Daumen ins Loch, um den Wein, so gut es ging, aufzuhalten. Da aber packte Pfeffer den Knüttel und schlug unbarmherzig auf den Zeil'schen Weinknecht ein. Der schrie um Hilfe. Der Schalk aber schrie noch jämmerlicher und lauter. Als er den Knecht, der noch immer den Daumen im Loch hatte, genügend abgeknüttelt hatte, sah Pfeffer sich um und entdeckte eine Reihe von Schweineschinken, die unter der Decke hingen. Schnell nahm er sich zwei der schwersten, brachte sie in seinen weiten Hosen unter und humpelte weinend und immerzu nach dem „Zeil'schen" greifend, als ob ihm dort weh wäre, zur Kellertür hinaus in den Schloßhof.

Der Herr von Zeil, an seinem Fenster stehend, fragte ihn lachend: „Aha, Schlingel, hast du's gut erwischt?"

„Ach ja, Herr von Zi–Za–Zeisig, ich hab's erwischt; es reicht mir für die nächsten vierzehn Tage!"

Flugs war das Wägelchen zum Schloß hinaus. Pfeffer hatte seinen Streich noch kaum an den Oheim bringen können, als sie von den Hunden des Herrn von Zeil eingeholt wurden, die ihnen dieser als seine Polizei nachschickte, nachdem er von dem Weinknecht aufgeklärt worden war. Aber die beiden Könige von Morgenland verließen geschickt den Wagen nach hinten hinaus, hatten ihre Lust daran, wie die wildgemachten Zigeunerpferde den Zeil'schen Kötern vor die Schnauze pfefferten, und versteckten sich in einem abseitigen Wäldchen, das bereits überm Zeil'schen Gebiet lag, wo ihnen nichts mehr geschehen konnte.

Pfeffer spintisiert

Als Pfeffer sich mit seinem Oheim auf den Heimweg machte, trug er eine Totenkerze vor sich her, die er allemal anzündete, wenn es durch die Dörfer ging. Die Miene, die er dazu machte, war fromm genug. Jedesmal liefen die Dörfler zusammen, wenn er mit seiner Kerze kam, schlugen das Kreuz und fragten, wen er zu Grab' geleite.

Pfeffer antwortete: „Ich leuchte dem Schlingel in mir heim, der euch auf dem Herweg verspottet hat."

„Das ist gut und löblich", sagten die Leute, „willst du aber nicht besser gleich kommunizieren und beichten und dann zu unserem Glauben übertreten?"

„Der Schlingel ist noch nicht so weit", antwortete Pfeffer – „und es wird lange herhalten, bis er so fromm und tugendhaft ist wie ihr!"

„So rechtschaffen sind wir nun wieder auch nicht",

sagten sie, „die Hauptsache ist doch, daß man den rechten Glauben hat!“

„So ist das?“ sagte Pfeffer, „dasselbe sagen sie drüben im Ketzerischen auch. Einerlei Sünder und zweierlei Glauben. Jeder hält seinen Glauben für den rechten, aber Schlingel sind sie alle zusammen. Seht ihr meinen Schatten im Staub?“

„Wir sehen ihn, Pfeffer!“ sagten sie.

„Man sieht ihm nichts von dem an, was ich in meinem Inneren habe . . .“

„Und was soll das?“

„So sieht man's euerem Glauben nicht an, wie ihr selber seid! Aber jeder ist stolz auf seinen hübschen Schatten.“

Da hatten sie keine Lust mehr, ihn etwas zu fragen, und ließen ihn seines Weges ziehen. Bedächtig und langsam ging er vor sich hin und hütete das Flämmchen seiner Totenkerze vor dem Wind.

Ein Schuldschein tut Wunder

Auf der Staatsstraße, die von Schloß Solitude nach Ludwigsburg führt, steht der Grenadier von Stetten neben dem einstigen Furier Kronenbitter, der geheiratet hat und in Ludwigsburg eine Realienhandlung betreibt, und beide grüßen, mit der Hand am Hute, ihren Herzog, der im Totenwagen an ihnen vorüberfährt und nimmer winken will!

Sieben Jahre sind ins Land gegangen.

„Bitter!" spricht Pfeffer seinen Kumpan an, und er läßt die Krone weg von seinem Namen, weil er sie an sein Weib verloren hat (wo doch die Gesellin die Krone des Mannes genannt wird!) – „Bitter!" sagt er, „er war so schlecht nicht, wie ihn die Welt nannte, dieser Herzog! Ein bißchen jäh, es ist wahr! Verschwenderisch, man kann's nicht leugnen! Nicht immer klug! Aber wer von uns beiden hätte keine törichten Stunden! Von der Wollust hat er abgelassen, als sie ihn nicht mehr geplagt hat! Das Soldatenwesen hat ihn geekelt, als es ihm keine Lorbeeren gebracht, und die Schulmeisterei hat er aufgegeben, als er gemerkt, daß an dem Pack nichts zu bessern ist!

Summa: Er hätte am liebsten auch einen Realienhandel betrieben wie du, nachdem er sich die Hörner als Herzog abgestoßen! Friede seinem Gebein! – Wie ist's nun, wollen wir deiner Karolina noch ein Stündchen ins Haus fallen und die Beleuchtung nützen, die uns der tote Herzog mit seinen Fackeln in der Stadt macht?"

Kronenbitter nickte, es sah aber mehr nach Kopfschütteln aus, und Pfeffer wußte genau, woran er war!

„Einen Cyper wird's nicht mehr leiden wie einst", sagte er, nahm seinen Freund am Rockärmel und schlug ihm einen Besuch in der „Goldenen Gans" vor. Als es gewiß war, daß Pfeffer zahlte, kam der Realienhändler ganz von selbst ins Laufen wie ein Wägelein, dem der Bremsklotz genommen wird, und die Posaunen, die den Herzog in die Gruft geleiteten, bliesen auch seinen Unmut ins Grab.

In der „Goldenen Gans" saßen die Ludwigsburger und beklagten ihren toten Herzog. Die Klage hatte aber einen begreiflichen Grund.

Karls Bruder, der neue Herzog, nahm Wohnung

im Schloß zu Stuttgart, und die Ludwigsburger, die vom Hofe lebten, kamen um ihr Geschäft. Kronenbitters Lädlein hatte unter dem Wandel nicht zu leiden.

Warum sollte er also nicht lustig sein?

Auch Pfeffer hatte keinen Grund, den Kopf hängen zu lassen, und ließ den Wirt ein Geschäft machen. Sie begannen mit einem Säuerling vom Zabergäu, erhoben sich alsbald zu einem Kriegsberger, der ihnen besser mundete, gingen einen Schritt weiter und fanden, daß der Uhlbacher bekömmlicher sei, nahmen einen Anlauf zum Schnaiter, hüpften über zum Fleiner und verstiegen sich zuletzt zu einem Brüssele und meinten, daß sie eine ziemliche Anhöhe erstiegen hätten!

„Wer nichts anderes kennt“, sagte Pfeffer vergleichsweise, „muß glauben, daß der Asperg der höchste Buckel der Welt ist! Und ganz gewiß ist man droben den Sternen ein wenig näher als drunten in Möglingen!“ –

Beim Brüssele blieben sie, und Kronenbitter, der noch mehr vertrug als in früheren Jahren, nannte ihn seinen Nierenkitzler, sein Schweißhemdlein, seine Leidensfrist und seinen Bittertrost!

Als Mitternacht vorüber war, beschlossen sie ernsthaft zu reden, und Bitter sagte: „Der Warenhandel macht einen Menschen auch nicht selig! Ich wollte, ich wäre bei meinem Feldscher geblieben! Aber da er sich aufs Komödienschreiben verlegt hat und außer Landes gelaufen ist, war ich ohne Rat – und nahm ein Weib!“

„Man gewöhnt sich an alles, auch ans Hängen!“ tröstete ihn Pfeffer, „wie ist mir's ergangen? Hab' immer viel aufs Einheimische gegeben und gemeint, es müßte sich eine finden im Land, die zu mir paßt! Davon bin ich abgekommen und schlage jetzo einen größeren Bogen –.“

„In die Markgrafenschaft nüber zu den Gelbfüßlern?“ fragte Kronenbitter. Pfeffer schüttelte den Kopf.

„Am End' ins Katholische hinüber?“

Pfeffer schwieg.

„Soll's eine Franzosin sein, eine Schwizerin oder eine aus dem Schnakenloch?“ –

Während Kronenbitter noch fragte und Pfeffer wartete, bis er das Rechte traf, ging hinter ihnen die Tür auf, und herein trat ein Weib mit einer brennenden Laterne, die sah drein, als ob sie in der „Goldenen Gans“ ihren Mann suchte!

Pfeffer schaute sich nach ihr um und erschrak, indessen war Kronenbitter über den Tisch gesprungen, hatte ein Fenster aufgerissen und wollte die Flucht ergreifen, aber das Weib, das Schultern hatte wie ein Korporal und einen schwärzlichen Bart auf der oberen Lippe, setzte ihr Licht auf einen Stuhl und herrschte ihn an:

„Willst du da hinausgehen, wo du hereingekommen bist, Saufaus, Brandgurgel, elender Wicht?“

Nun wußte Pfeffer, wer sie war!

Schneller, als Kronenbitter fliehen konnte, war sie am Fenster, fuhr ihm an den Kopf und riß ihm die Perücke herunter.

Da saß er rittlings auf dem Gesims, aller Zierde beraubt, angelte nach seiner Perücke und getraute sich weder hinaus noch herein – bis sich der Wirt und Pfeffer für ihn ins Zeug legten.

Die Bitterböse fing an zu keifen und zu schreien, und als sie ihr nach der Perücke griffen, schwang sie ihre Laterne, kehrte die Luft nach rechts und links mit der Funzel, riß den Wirt am Schnurrbart nieder und sah drein, als könnte sie einer ganzen Kompanie widerstehen.

Wie oft war Pfeffer in großer Not gewesen und hatte einen Ausweg gefunden! Warum sollte er diesmal nichts vermögen, wo er doch ein Papierlein in der Tasche barg, ein wundertätiges, von Kronenbitters eigener Hand beschrieben, sieben Jahre alt, aber noch immer mächtig, einen Schuldschein über etliche Gulden, die er seinem Freund für den Kauf einer Perücke geborgt hatte?

Er bedung sich ein Gespräch unter Zeugen mit ihr aus und gab ihr den Schein zu lesen. „Wie steht es nun, Couragenärrin, Frau Hautsdrein, Madame Keulenschlag“ höhnte sie Pfeffer, „hat sie vor dem Blättlein mehr Respekt als vor ihrem Mann? Und weiß sie, daß die Perücke dem gehört, von dessen Geld sie ist, also mir? Wollt Ihr sie mir gutwillig geben oder soll ich die Scharwacht rufen?"

Die Männische war vor dem Blättlein so erschrokken, daß ihr die Rede auf dem Mund eintrocknete, gab die Perücke ihrem Eigentümer, der sie großmütig an seinen Freund verlieh, hielt sich wegen der unbezahlten Schuld dem Herrn Korporal untertänigst empfohlen und ward von ihm samt ihrer Laterne aufs höflichste hinauskomplimentiert. –

„Wie recht hast du nur", sagte Kronenbitter ingrimmig, als sie wieder beieinander saßen und der Ruhe genossen, „es ist kein Leben mit den Einheimischen! – Laß uns noch eine Bouteille Bittertrost zusammen trinken – und heb' das Blättlein fein auf, Pfeffer!"

Das Marketenderwägelein

Der neue Herzog von Württemberg konnte nicht hindern, daß sich seine Nachbarn überm Rhein rote Mützen aufsetzten und ihren König köpften, daß sie aber ihre Mützen auch an die Deutschen verkaufen wollten, ging ihm nicht in den Sinn, und er verband sich mit dem Kaiser in Wien, um ihrem General, der bei Straßburg über den Rhein schoß, einen Denkzettel zu geben.

Im unteren Renchtal, wo sich der Schwarzwald bei Appenweier gegen den Rhein öffnet, marschierte das württembergische Fußvolk durch Nacht und Regen, schlecht verpflegt, dazu von Hannickels Räuberbanden schimpflich überfallen und um einen Teil des Proviantes beraubt – und drang nur mühsam vorwärts.

Zuletzt kam der Vormarsch ganz ins Stehen, und niemand wußte, was geschehen war. Die Württemberger schimpften, taten sich zu kleinen Haufen zusammen, brannten Kohlenfeuer auf der Straße an und brieten darauf ihre Würstlein, die sie vorsorgenderweise in großer Zahl aus der Heimat mitgebracht hatten.

Bald wurde ihre Laune besser, ja vergnügt, sie wünschten sich zu ihren Würsten weiter nichts als ein saures Bier und meinten, wenn sich ein solches noch auftreiben lasse, unterscheide sich der Krieg in nichts von einem verregneten Holztag, wie sie solchen als Bauernsöhne, die der Herzog zu Soldaten gemacht hatte, von zu Hause gewohnt waren.

Der Korporal von Stetten, der mit seinen Späßen viel dazu beitrug, daß sich der Krieg genießen ließ, drehte seine Hauswurst kundig auf der Gabel und meinte:

„Wenn es so weiterregnet, gewinnt der Hannickel den Krieg, ehe man einen Franzosen zu Gesicht kriegt, und der Herzog muß ihn zum ersten Minister machen!"

Damit wären viele von ihnen einverstanden gewesen, aber der Hauptmann, der dabei stand, ärgerte sich über Pfeffers Bosheit und schlug ihm zur Strafe die Wurst aus der Hand.

„Wenn die Hauptleute so gut vorsalzen", versetzte ihm darauf der Korporal, und hob die Gebratene wieder auf, „kann man des – Pfeffers – ja entbehren!“, biß in seine Wurst und ging beiseite.

Solches war man von ihm gewohnt und ließ es ihm durch.

Der Korporal setzte nun den Vormarsch auf eigene Faust fort, kam an gar vielen Wurstbratereien vorbei und wollte wissen, was den Krieg aufhalte.

Als er ein halbes Stündchen gegangen war, stieß er auf ein Marketenderwägelein, das, hinter der Vorhut zurückgeblieben, mitten auf der Straße hielt, und, weil es zum Stillstand gekommen war, auch die Nachzügler zu rasten gezwungen hatte.

Pfeffer beschlich das Gefährt; der Schimmel, der den Wagen zog, war eingeschlafen und gleich ihm die Marketenderin, die auf dem Kutschierbock saß und Leitseil und Peitsche noch in der Hand hielt, als ginge es ebensowenig immer gradaus.

Ein leichtes Spiel hätte der Hannickel, dachte Pfeffer, wenn der Spitzbube wüßte, was ich weiß! – stieg leise auf den Kutschierbock und leuchtete mit der Wagenlaterne über die Schläferin. Potz Dunder! Das war ja die Mirzl von Bayrisch-Zell, um die das große Geriß war bei den jungen Fähnrichen und Leutnants!

Pfeffer hatte sie schon lange in sein Herz geschlossen, denn sie war resch und lustig, flink und gescheit, machte Späße wie ein Mannsbild und war doch wie ein unberührtes Kind.

Wenn sie zum Hackbrett ihre Gstanzeln sang und

ihre großen Guckaugen hin und wieder drehte, brachte sie ein ganzes Regiment in die Hitz'. So eine war nach seinem Geschmack!

Nicht alle Leute sehen schön aus, wenn sie schlafen, aber die Mirzl glich in ihrem Schlaf einem Engel; ihr Odem machte ein Gesäusel wie ein Bienlein, das hin und her summt, und das Göschlein stand ihr dabei halb offen, als hörte sie im Traume die Kuhglocken auf den Bergen über Bayrisch-Zell.

Pfeffer brachte es nicht über sich, sie zu wecken, nahm ihr Leitseil und Peitsche aus der Hand und rief „Schimmel, hü!"

Langsam kam der Wagen ins Rollen, und die Mirzl träumte schön weiter und merkte nichts, auch dann nicht, als ihr Pfeffer einen sanften Schmatz auf ihr Göscherl drückte. Beim zweiten rührte sie sich ein wenig, hielt den Atem an, und erst als er ihr den dritten versetzte, hob sie ihre langen schwarzen Wimpern, wischte sich über den Mund und sagte:

„Geh, Scheck, was schleckst mi denn aa!"

Pfeffer mußte lachen, daß sie ihn für ein Rindvieh hielt, und darüber wachte die Mirzl auf.

Schnell bei der Sache, nahm sie ihm Leitseil und Peitsche aus der Hand und kutschierte schweigend neben ihm her, eifrig gähnend.

Nach einer Weile fiel es ihr ein zu fragen, wie er zu ihr auf den Bock gekommen sei!

Pfeffer antwortete, daß sie mit ihrem Wägelchen

beinahe den ganzen Krieg aufgehalten habe, weil sie samt ihrem Schimmel eingeschlafen sei.

Das wollte ihr gar nicht gefallen, und sie peitschte auf das Tier los und ließ es laufen, als müßte sie die Versäumnis doppelt einholen.

„Hast du Hunger, Soldat?" fragte sie ihn beiläufig und warf ihm einen warmen Blick aus ihren Guckaugen zu. Pfeffer schwieg, Hunger und Durst waren ihm vergangen, seit er neben der Mirzl auf dem Kutschierbock saß.

„Bald i mi net täusch", argwöhnte sie, „hast du dir dei Sach' schon g'holt!", denn sie spürte, daß ihr jemand an ihr Göscherl geraten war. Pfeffer mußte es zugeben, gestand ihr aber, daß er noch mehr Verlangen habe.

Das gefiel ihr wohl, auf ein paar Busserln zum Danke kam es ihr gar nicht an.

Und Pfeffer holte sich, was er wollte, derweilen der Schimmel Sprünge machte, als gälte es, noch in der Nacht nach Paris zu kommen. Bald hatten sie die Vorhut eingeholt, und Pfeffer mußte daran denken, sich wieder in Reih und Glied bei seinen Kameraden einzustellen, sagte ihr's, aber sie hatte sich an seine Gegenwart und seine Busserln schon so gewöhnt, daß sie ihn schimpfte und sagte: „Geh, sei net fad'!"

Daß er fade sei, durfte dem Pfeffer mit gutem Gewissen niemand nachsagen, auch eine Mirzl nicht, und er erwiderte ihr, er wolle es ihr beweisen, daß er nicht fade sei, und in der nächsten Nacht wiederkommen.

Das hörte sie nicht ungern, bat sich aber aus, daß er sie nicht auf dem Bock, sondern unter der Blahe im Wagen besuchen solle, weil sie morgigen Tages Schlafzeit habe wie zur Stunde die Mutter, die hinter ihr im Wagen lag und schnarchte. –

Ehe sie halten ließ, griff sie hinter sich in einen Sack, zog eine Leberwurst heraus, eine lange, geräuchte, und empfahl Pfeffer, sich tüchtig zu stärken, bis sie sich wieder sehen sollten.

Ein Hauptmann will betrogen sein

Das Regiment, dem Pfeffer angehörte, lag bei Marlen am Rhein und litt sehr unter den Schnaken. Da aber die Schwaben den Mund nicht so sehr auftun beim Reden wie die anderen Volksstämme, flog ihnen die Zuspeise nicht so reichlich in den Mund beim Essen; und um sich vollends vorzusehen, erfanden sie die Schnakensprache, das war ein eintöniges Gemurmel bei geschlossenen Lippen, die sich nach dem Feldzuge noch lange in jenen Gegenden des Herzogtums erhalten hat, wohin die Sprachkundigen heimgekehrt waren.

Der Hauptmann, der Pfeffer die Wurst aus der Hand geschlagen hatte, litt mehr unter dem Schnakenübel als seine Untergebenen, einmal, weil er beim Befehlen den Mund gehörig aufreißen mußte, und zum andernmal, weil er einen Schimmel ritt, der durch seine gleißende Farbe das Ungeziefer in großer Menge an sich zog.

Der Gaul zeigte sich dafür nicht empfänglich, bockte und ging alle Augenblicke mit seinem Reiter durch, lockte aber auf diese Weise das Augenmerk der Franzosen auf sich, was zur Folge hatte, daß er zur Zielscheibe ihrer gefährlichen Schüsse wurde.

Nichts war dem Hauptmann unangenehmer als Flintenkugeln, und er verwünschte seinen Schimmel und hätte ihn gern gegen einen Rappen eingetauscht. Als er seinen Wunsch vor seine Soldaten brachte, war viel Kopfschütteln und Ratlosigkeit, die Schadenfrohen wünschten ihm sogar größeres Mißgeschick, nur Pfeffer, der immer Rat wußte in schwierigen Augenblicken, sagte, wenn es sich darum handle, statt eines weißen Pferdes ein schwarzes zu kriegen, sei er wohl imstande, den Tausch in die Hand zu nehmen.

Der Hauptmann war froh, daß er den Kugelfänger los werden sollte, und ließ Pfeffer mit dem Schimmel seiner Wege ziehen.

In Kittersburg, das eine halbe Stunde weit vom Biwak der Soldaten entfernt war, ging Pfeffer zu einem Kienrußbrenner, ließ sich eine Schachtel Glanzruß geben, rührte einen schwarzen Brei und machte in kurzer Zeit aus dem Schimmel einen vollwertigen Rappen.

Das Aufgeld, das er bei dem einfachen Tausch zu

zahlen hatte, war gering, und er freute sich, seinem Hauptmann einen Gefallen tun zu dürfen. Als er sich mit seinem Rappen wieder dem Biwak näherte, lief ihm der Leibbursche des Hauptmanns entgegen, nahm ihm ohne Argwohn die Zügel aus der Hand und ritt das Pferd seines Hauptmanns vor, der sich sehr wunderte, daß Pfeffer im Pferdetausch eine so gute Hand bewies.

Er sprengte sogleich auf ihm vor den Feind, um seine tägliche Erkundigung zu machen, und war entzückt, daß sich der Gaul so schnell an ihn gewöhnte und auf alle Finessen seiner Reitkunst einging.

Nur ein wunderlicher Schweißgeruch, den er noch bei keinem seiner Pferde so stark in die Nase bekommen hatte, machte ihn stutzig, aber erst, als er aus dem Sattel sprang und sah, daß seine weiße Lederhose von der Hautfarbe des Rappen einen schwarzen Fleck angenommen hatte, kamen ihm Gedanken. Er ließ den Korporal rufen, es dauerte eine Weile, bis er kam – unterdessen hatten sich viele seiner Zeltgenossen, Hauptleute und Wachtmeister um ihn versammelt, bestaunten das Wundertier und beglückwünschten seinen Besitzer mit unverhohlenem Spott zu seiner Erwerbung.

Der Sünder kam.

„Wo hast du das Pferd her, Pfeffer?“ fragte ihn der Hauptmann, der glaubte, Pfeffer habe sich betrügen lassen.

„Von euch“, antwortete Pfeffer.

„Das getauschte, meine ich!“ schrie der Hauptmann.

„Es ist von euch!“ wiederholte Pfeffer, „ehedem war es weiß, jetzt ist's schwarz!“

„Wo du's her hast, will ich wissen!“ überschrie sich der Hauptmann.

„Ich hab's gemacht!“ antwortete Pfeffer.

„Gemacht?“

„Beim Kienrußbrenner in Kittersburg!“ gestand er und deutete mit dem Daumen auf das Dorf. Da fingen die Zeltgenossen des Hauptmanns zu lachen an, daß der Hauptmann vor Wut schier barst, seine Peitsche schwang und Pfeffer zuschanden hauen wollte, aber der Pferdetäuscher entkam ihm auf seinen langen Beinen wie ein Gespenst.

Der französische Mond

Wo Pfeffer in der Nacht war, läßt sich wohl denken! In einem Marketenderwägelein ist Platz genug für zwei Leute, die sich herzen und küssen. Und wenn es auf die Blahe regnet und stürmt, fühlt man sich geborgen wie in Mutters Schoß, ißt und trinkt, was einem schmeckt, besonders wenn's nichts kostet und einem die Wurst gerade überm Maul hängt!

Ein Schwabe aus Stetten und eine Bayerin aus Zell haben sich immer etwas zu erzählen, denn das Leben ist ein anderes im Gebirg', wo der Schütz nach Gemsen jagt und die Milchkühe droben dem Himmel unter die Kutte schellen; drunten am Neckar ist's wie im Paradies, warm und freundlich, im Maien sitzen die Dörfer wie 's Kätzlein im weißen Daunenbett, und im Herbst rauscht ein goldenes Meer von den Halden herab und wird in den Keltern zu süßem Most.

Während sie sprachen, jedes, wie ihm der Schnabel gewachsen war, und auch in der Sprache, in welcher sich die Verliebten ohne Worte verstehen, hatte sich der Regen verkrochen, und das helle Mondlicht brach durch die Wetterwolken.

Weil sich der himmlische Freund der verliebten Leute ein wenig schnell einfand und mit seinem neugierigen Wesen durch alle Ritzen und Löcher der Blahe guckte, spähte und fingerte, erschrak die Mirzl, meinte, ihre Mutter käme mit der Laterne und rief alle himmlischen Heiligen um ihren Beistand an.

Aber Pfeffer hob die Blahe, schaute hinaus und sagte:

„Es ist und bleibt der Mond“, und schob die Blahe wieder zurück, „wenn er heut auch auf halb französisch hereinscheint!“

Das Wurstmesser

Am folgenden Tag befahl der Hauptmann seinem Burschen, den Schimpf aus der Welt zu schaffen und den künstlichen Rappen tüchtig zu waschen und zu striegeln. Dem Leibwächter gelang es aber nicht völlig, die Schmiersalbe vom Fell des Schimmels herunterzubürsten, und seinem Herrn blieb zuletzt ein elender Schecken in der Hand, der ihn mehr ärgerte als der Schimmel zuvor.

Derweil sie sich gemeinsam bemühten, das Pferd für den Ausritt herzurichten, der Hauptmann schimpfend und fluchend, und der Bursche bürstend und schwitzend, trat Mirzls Mutter, die Marketenderin, in das Zelt und klagte, ein Soldat sei zur Nachtzeit in ihren Wagen gekrochen, habe sich's recht behaglich darin gemacht und, nach den Wurstzipfeln zu schließen, die er darin verstreut, ein reichliches Mahl gehalten, das ihr vom Regiment vergolten werden müsse.

Der Hauptmann hatte gute Lust, das Weib hinauszuschimpfen, da er sich aber erinnerte, daß er der Dame einstmals nahegestanden, als sie noch jung und schön war, bezähmte er sich und hieß sie Beweis erbringen für ihre Klage. Den Beweis führte die Dame bei sich und wies ihm ein wurstfettiges Messer vor, einen Stecker von einem halben Zoll, wie ihn die Soldaten in ihren Stiefelschäften tragen – und sagte, das Beweisstück hätte sie auf dem Strohsack gefunden bei den Wurstzipfeln.

Der Hauptmann besah sich das Messer, in dessen Heft ein Name eingeritzt war, und pries die Göttin des Zufalls, der Kriegsleute launenreiche Göttin, die ihm den diebischen Schelmen so leicht in die Hand spielte, schwur Mord und Rache, Schande und Galgen seinem Besitzer und schickte seinen Leibburschen nach Pfeffer, dem Rossetäuscher.

Unschuldiger kann keine fromme Seele vor ihren Himmelsrichter treten als Pfeffer vor seinen Hauptmann!

Was nützte es dem Wolf, wenn er meinte, sich an der Angst seines Opfers weiden zu können! Pfeffer hielt seinem blutlechzenden Wolfsblick stand.

Überdies stürzte sich das Marketenderweib sogleich auf ihn, bezichtigte ihn des Wurstfressens in ihrer gemeinen Sprache, wie des Einstiegs in ihren Karren, was Pfeffer ohne zu widersprechen hinnahm.

Endlich kam der Hauptmann zu Wort, hielt ihm

das Messer mit dem Namen unter die Augen und fragte: „Wem ist das Messer?"

„Gebt's nur gleich", antwortete Pfeffer, „es ist mein!"

„Und die Wurst, die du damit geschnitten hast, war sie auch dein?"

„Wurst und Messer gehören zusammen", antwortete Pfeffer, „wie Männlein und Weiblein!"

„Wie Pfeffer und Galgen!" trumpfte der Hauptmann und lachte schrecklich.

„Es ist noch keiner gehängt worden", entgegnete Pfeffer und trat ihm einen Schritt näher, „dem die Wurst in den Mund gefallen ist!"

„Spitzfindiger Schelm", schrie der Hauptmann und wich zurück, „ehe du hängst, bekennst du die Wahrheit!"

„Sie hängt euch überm Mund", sagte Pfeffer, „aber ihr wollt nicht zuschnappen! Sagt, habt ihr etwa nie in solch einem Wägelein gelegen", fuhr er fort, wiewohl er nicht wußte, daß der Hauptmann an die Krämerin eine Erinnerung hatte, „und so ein Würstlein aus der Hand eurer Dame geschnappt und seid euch doch als ehrlicher Mann vorgekommen?"

„Bist du des Teufels?" rief der Hauptmann, aber die Krämerin, die sich betroffen fühlte, weil er unwissend die Wahrheit sagte, wurde rot bis unter die Haarwurzel und schrie:

„Unverschämter, was weißt du?"

Pfeffer versah sich seines Vorteils, den sie ihm auf ihren Gesichtern präsentierten, und scherzte: „Was am zaundürren Holze geschieht, darf es nicht auch am saftgrünen geschehen? Was einem Hauptmann recht, ist's nicht einem Korporal billig? Den Scherz in Ehren! Ich wollte euch nicht zu nahe treten, Frau Marketender!"

Das Weib bedeckte ihr Gesicht, und beide hatten sie ihre Schmach, die nicht zu verdecken war, dieweil ihre Köpfe röter prangten als Hansbeeren im August und sich selber verklagten.

Da jagte der Hauptmann Pfeffer hinaus.

Als die beiden Trauten alleine unter sich waren, sagten sie sich mit etlicher Vernunft, daß sie mit dem Korporal geziemender verfahren müßten, nachdem er sich als eine Eidamshoffnung für ihre natürliche Tochter erwiesen hatte, die zwar gerne äugelte, aber ungern anbiß; eines Tages aber mußte sie unter die Haube kommen, und Pfeffer, der ein kleines Erbe zu erwarten hatte, schien ihnen nicht der schlechteste unter ihren Bewerbern.

Der Hauptmann von Iptingen

Der Mond leuchtete so voll und schön aus dem Franzosenland herüber, und die Pappeln rauschten am Rhein und neigten ihre Häupter zusammen, als hätten sie ein Gespräch der Liebe miteinander – da schwoll auch Pfeffer das Herz vor Sehnsucht, daß er sich von seinem Lager erhob, seine Kameraden verließ und den Weg zum Marketenderwägelein einschlug. Die Liebe trieb ihn und das Gewissen.

Wenn auch die Liebe das Stärkere war von den beiden, das Gewissen ließ ihm keine Ruhe, weil er ein Geheimnis preisgegeben hatte, um seinen Kopf zu retten.

Als er sich dem Wägelein näherte, gewahrte er ein Licht hinter der Blahe, schlich sich behutsam herzu, klopfte seine Pfeife auf dem Reifen des Rades aus und sagte vernehmlich:

„Der Korporal von Stetten ist da!“

Darauf erhob sich ein Gesumse in dem Wagen, als säßen ihrer mehrere darin und hätten ein Geheimnis miteinander.

Pfeffer erwog, ob er nicht wieder gehen sollte.

Wenn die Marketenderin für ihresgleichen eine Gesellschaft gab, was hatte er dabei zu suchen? Aber halt! Die Mirzl war dabei, seine Mirzl! Und wie? Wenn ein anderer aus ihren großen, braunen Guckaugen das A-B-C der Liebe studieren wollte?

Seine Meldung war eben verhallt, da hob sich die Blahe, und ein Kerl mit einem Schnauzbart wie sein Hauptmann schaute heraus und antwortete ihm:

„Der Hauptmann von Iptingen ist früher kommen! Und wo ein Hauptmann ist, hat der Korporal nichts zu suchen! Marsch, weiter!“ Und seine Absage wurde begleitet vom Gelächter der Frauen in dem Wagen.

Pfeffer erschrak, so lang er war, und die Tabakspfeife fiel ihm aus der Hand.

Sein Hauptmann bei der Marketenderin, mit seiner Mirzl zusammen unter e i n e m Dach! Ein Schandenstreich! Ein Bubenstück! Welch eine Rachetat! – Er hätte den Franzosen über den Rhein rufen mögen, sie sollten den Wagen samt allem, was darinnen saß, in die Luft schießen.

Aber die dummen Teufel verstanden kein Schwäbisch.

Oh, er wollte dem Gesindel auf die Finger schauen und nicht von dem Wagen weichen! – Er stopfte sich eine Pfeife, schlug Feuer wie ein Kosak, paffte wie ein Präzeptor, schritt auf und ab, und die drinnen im Wagen lachten, läuteten mit den Gläsern, küßten sich laut vernehmlich und schürten Pfeffers Eifersucht.

Das dauerte eine lange Weile. Pfeffer schritt auf und ab.

Die Mirzl, nein, es war nicht auszudenken, daß sie auch so eine war, die heute den Hans, morgen den Jakob, übermorgen den Frieder zum Gutenacht lud!

Oh, der vermaledeite Hauptmann, der ihm die Schmach antat!

Pfeffer war gesonnen, ihn zu erstechen und zu den Franzosen überzulaufen, wenn es wahr sein sollte, daß sie ihn mit dem Hauptmann betrog.

„Ei, Mirzl, liebes Mädchen, dreht sich denn dein Herzensweiserlein so schnell wie das Rad an deinem Wagen? Ich kann's nicht glauben, ich will's nicht wahrhaben!“ sagte Pfeffer laut zu sich selbst und schlürfte zum hundertstenmal um den Wagen.

Die Wache, die vor Mitternacht aufgezogen war, wurde abgelöst.

Ein Gemurmel gab's in der Ferne, Rapport und Schritte.

Dann war es still; so still, daß er die Turmuhr auf dem Münster drüben bei den Franzosen Glock zwei schlagen hörte!

Da kroch einer unbeholfen aus dem Wagen, und die Alte, die Marketenderin, leuchtete ihm. Pfeffer griff nach seinem Messer.

Da stand der Hauptmann vor ihm und lachte wie einer, dem ein guter Streich gelungen – und Pfeffer wollte ihm an den Leib.

Aber neben ihm stand die Mirzl, sagte kein Wort, legte den Finger auf ihr Göscherl, und ihre Guckaugen glänzten, als wollte sie sagen:

„Sei fein still, Pfeffer! Und stich erst, nachdem du mit mir geredet hast! Aber dann stichst du ja nimmer!"

Pfeffer kam blitzschnell zu Vernunft, schämte sich seiner Eifersucht und bot dem Hauptmann verlegen seine Begleitung an.

„Ei, was ein gutmeinender Sohn!" lachte dieser und merkte die Veränderung, die mit Pfeffer vorgegangen war. „Erst wartet er seine vier Stunden getreulich und hernach will er mich noch heimgeleiten! Halt er mich aber feste, feste! Es ist nötig bei mir!"

Die Mirzl ließ ihm die Laterne ab, und Pfeffer schob seinen Hauptmann langsam vor sich her.

Als sie miteinander vor dem Zelt standen, wo der Hauptmann daheim war, schien es angetan, ihn auch zu Bette zu bringen, und Pfeffer biß auch in diesen Sauerapfel, ging mit ihm hinein und zog ihm die Stiefel aus.

Da es ein wenig schwer hielt und Pfeffer dabei

ächzte, machte der Hauptmann den Mund noch einmal auf und sagte:

„Schön von dir, mein Sohn, daß du dich zeitig an deine Eidamspflichten gewöhnst und mir beweisest, daß du mehr kannst als einen Schimmel färben!“

Davonspringen!

Einige Tage danach lag der Korporal in Eintracht mit seinem Hauptmann im Marketenderwagen, und die Hauptmannstochter schenkte ihm auf doppelte Weise reinen Wein ein, einen solchen, den man trinkt, und einen andern, den man die Wahrheit nennt. –

Mittlerweile war der Krieg zu Ende gegangen. Nicht, weil die Württemberger gesiegt hätten, sondern, weil der Erbprinz, der die Armee befehligte, sein Herzogtum nicht verlieren wollte, ehe er es erbte – und mit den Franzosen einen sauren Frieden schloß.

Wer Krieg macht, ohne zu kriegen,
Und Frieden schließt im Frieden,
Dem ist kein Kriegesruhm im Krieg
Und Fried' im Frieden nicht beschieden!

So stand auf einem Zettel zu lesen, den die Soldaten ihrem Prinzen in das Zelt warfen, und der junge Herr, der mit Ungeduld auf seinen Herzogshut wartete, sollte die Wahrheit des Reimes bald erfahren!

In großer Eile wurden die Zelte abgebrochen, und das Ungetüm des Krieges wälzte sich über die Buckel des Schwarzwaldes hinüber ins Herzogtum, wo es sich auf Jahre breitmachte.

Denn die Franzosen hatten sich das Recht ausbedungen, das Land besetzen zu dürfen, um den Österreichern den Heimweg zu sperren.

Es war auf dem Kniebis, dem höchsten Berg jener Gegend, wo den Heimkehrern ein paar Holzmacher begegneten, die sich baß verwunderten, daß der Krieg schon aus sein sollte.

Einer, der den Korporal von Stetten treuherzig fragte: „Woher geht's denn heut schon, Landsmann?", erhielt von Pfeffer zur Antwort:

„Von Davonspringen!"

Der Biedere konnte den Sinn des Wortes nicht fassen und meinte:

„So! So! Das muß ein kleiner Ort im Badischen sein, den Namen kennt man bei uns nicht!"

Die Franzosen und das Sauerkraut

„Eha, Schimmel!“ rief der ausgediente Korporal und sprang vom Kutschierbock. Die Mirzl zog am Leitseil, und das Wägelein hielt vor einer Sägemühle. „Habt Ihr Späne?“ rief Pfeffer den Werkknechten zu, die vor dem Sägehaus standen.

„Mehr als Geld!“ gaben sie ihm zur Antwort.

„So schafft mir drei Säcke voll herbei“, sagte Pfeffer, „ich will sie euch so gut bezahlen wie die Franzosen!“

„Dann müßt Ihr einen Sack Prügel umsonst dazu nehmen!“ riefen sie drohend.

„Wohlgesprochen“, antwortete Pfeffer lachend, „wir sind Freunde!“ und trat in das Sägehaus.

Als die Knechte von ihm vernahmen, wofür er die Ware brauchte, waren ihnen die Späne wohlfeiler als Gassenkehricht, und sie warfen ihm ein Dutzend

Säcke und mehr in seinen Wagen und verlangten weder Geld noch Dank dafür.

Der Schimmel trabte, und die Mirzl fragte: „Für was brauchst du die Späne, Pfeffer?“

Er antwortete: „Ich will den Franzosen ein Geschenk machen!“

Der Schimmel trabte wieder. In Tripstrill, einem kleinen Weiler nah am Tal der Zaber, wo die Altweibermühle soll gestanden haben, stießen sie auf die ersten Franzosen.

Es waren wilde Burschen mit Gockelschwänzen auf den Hüten und andere mit Zweispitzern, sie sahen das Gefährt kommen und machten gleich Jagd auf den Wagen.

Pfeffer trieb den Schimmel stärker an, und erst als einer von ihnen den Flintenlauf gegen ihn erhob, schrie er: „Que wule wu?“

Die Franzosen meinten, es gäbe wirklich was zu holen bei ihm, rannten, was sie konnten, und Pfeffer ließ sie laufen, bis sie die Zunge heraushängten. Dann hielt er rasch an, sprang vom Wagen, schlug die Blahe zurück und lud sie ein, sich zu holen, was ihnen beliebte.

Keuchend stürzten sie sich auf die Säcke, schlitzten sie mit ihren Bajonetten auf, schmissen die aufgeschlitzten Schläuche aus dem Wagen und stachen so lange in den Spänhaufen herum, daß ihnen auch keine Maus lebendig davongekommen wäre! –

Zuletzt, als sie merkten, daß sie genasführt waren, jagten sie Pfeffer schimpfend auf den Wagen und trieben den Schimmel mit ihren Gewehrschäften zum Laufen; aber falscherweise in Richtung auf ihre eigene Seite. Das war es, was Pfeffer wollte!

Überdies hatte der Wagen seine Last verloren und flog nur so dahin, rechts und links an den Franzosen vorbei, bis in jenes Städtchen, das nach den bissigen Schloßhunden benannt ist und inmitten des Zabertales liegt. Dort saß ihr General, der einen deutschen Namen hatte und ein entlaufener Schwabensohn war, doch ein blitzdummer (zum Danke für seine Dienste um das Franzosenreich erschossen ihn später seine neuen Landsleute!), der kriegte gegen den Erzherzog von Österreich, und der junge Herzog Friedrich, der seinen Waffenfreund im Stich gelassen hatte, mußte dulden, daß es auf württembergischem Boden geschah.

Pfeffer hielt es mit dem Erzherzog, der ein besserer Deutscher war als sein Herr, und Mirzl verkaufte ihren Kram an die Österreicher.

In der Stadt war großes Heerlager.

Als er mit dem Wagen über den Markt fuhr, wollte ihm ein welscher Feldgendarm den Weg sperren und fragte ihn auf Franzmännisch:

„Käskesäkesa? – Was hast du in deinem Wagen?“

„Saufedern, Eselsflossen und Kamelshörner!“ erwiderte ihm Pfeffer. „Wenn du Lust hast, schau hinein!“

Soviel Deutsch auf einmal konnte der Gendarm nicht verstehen und ließ ihn passieren. Pfeffer fuhr kreuz und quer durch die Gassen und Gäßlein, wo die Soldaten einquartiert lagen, achtete auf ihre Zahl und hatte sein Augenmerk auf Waffen und Geschütz und was dergleichen wissenswerte Dinge sind für einen Kundschafter.

Um keinen Verdacht zu erwecken, zog er einen Handel auf, erstand ein Faß mit Sauerkraut und ein Gebinde Wein vom Zabertal, verkaufte beides kleinweise an die Franzosen – und diese wußten nicht, was sie ihrem Magen damit aufluden!

Während er seine Ware verhökerte, hörte er noch manches aus ihrem Munde, was wissenswert war.

Als er genug wußte, fuhr er vor das Städtchen in eine Grube, füllte den Wagen mit Sand, um wieder einen Grund des Fahrens zu haben, und wollte sich auf den Heimweg machen.

Da brach eine große Schießerei aus vor den Toren – und zwang ihn, in der Stadt zu nächtigen. Nach langem Suchen fanden die beiden eine Scheuer für ihren Wagen, machten sich darin ihr Bett und schliefen auf dem Sand.

Am andern Morgen zeigte sich's, daß Pfeffer mit seinem Sauerkraut die magenschwachen Franzosen so verderbt hatte, daß sie noch in der Nacht ein Gefecht gegen die Österreicher verlorengeben mußten.

Im Städtlein war großes Wehklagen und Geschrei

über das Sauerkraut, und viele von den Krautessern, die ihr Weh noch nicht auf natürliche Weise angebracht hatten, liefen jammernd in den Gassen umher und hielten die Hand aufs Gedärm. Pfeffer war dabei, als ein Korporal der Franzosen, der die ganze Nacht wegen Bauchgrimmens auf der Stiege gesessen hatte, zu seinen Quartierleuten in die Stube trat, sich über das Kraut beschwerte und kauderwelschend sagte: „Schire schare schambre!“ (Was soviel heißen sollte als: Schier gar hätte ich euch das Zimmer verunreinigt!) Und weiterhin: „Bayrisch Krut, ganz kaputt!“ – was jeder auch ohne Kenntnis der Franzosensprache versteht!

Die Weiberzeche

„Sand! Sand!“ rief Pfeffer und fuhr durch die Dörfer, in denen der Franzose lag. Aber die Weiber brauchten keinen Sand, um ihr Geschirr zu putzen. Was kupfern und zinnern war, hatte ihnen der Franzose abgesprochen, und erst recht was silbern und golden.

Vor Tripstrill traf er wieder auf die Hahnenschwanzhüte, die er auf dem Herweg genarrt hatte. Sie stürzten sich auf seinen Wagen, schaufelten ihm die ganze Ladung ab, weil sie Munition darunter vermuteten, und als die Arbeit getan war, jagten sie ihn in der Richtung auf die Österreicher davon. Was seine Augen gesehen hatten, konnten sie ihm nicht nehmen.

Alsbald zog ihr General aus dem Städtlein aus, wo er sich so bequem eingerichtet hatte, und seine

Hahnenschwanzsoldaten verloren auf der Flucht viele von ihren Federn.

Mit dem nachrückenden Heere zog Pfeffer als Kundschafter.

Da lagen einige Dörfer und ein kleines Städtlein zwischen den Heeren der Franzosen und der Österreicher, still und im tiefsten Frieden. Keiner von den beiden Feinden wagte sich an sie heran, weil sie fürchteten, sich zur Unzeit zu begegnen. Das kam den Leuten, die dort wohnten, zugute. Sie stellten sich mit keiner der beiden Parteien schlecht, verkauften ihre Kälber an den Franzosen wie an den Österreicher und wurden von beiden in Ruhe gelassen.

Der Kriegsgewinn, der sie in kurzer Zeit zu reichen Leuten machte, stieg ihnen demgemäß in den Kopf und verleitete sie zum Übermut.

In dem Städtlein, von dem die Rede ist, bestand ein alter Brauch, wonach den verheirateten Frauen ein Tag im Jahr bestimmt war, an dem sie keine Arbeit tun mußten, weder im Haus, noch im Stall, im Feld oder Wingert; dies zu ihrer Ehre und Schätzung.

Auf diesen, ihren Weiberurlaub, verzichteten die Frauen ungern, auch in Kriegszeiten, und es war schon einige Male zu Streitigkeiten der Männer gegen die Frauen gekommen, weil die einen nicht erlauben wollten, was den andern zustand.

Nun hatten die Männer einen Grund mehr, ihren

Frauen den Urlaub abzusprechen, weil der Feind im Lande stand, den Frauen aber wollte es nicht eingehen, daß sie wegen der Männer Krieg und Hader auf ihr Recht verzichten sollten, besonders wo ihnen der Tag nach altem Brauch einen Freitrunk einbrachte auf dem Rathaus, für den der Schultheiß und seine Diener zu sorgen hatten. Um vollends die Wahrheit zu sagen, den Frauen war sogar das Recht eingeräumt, sich von den Männern dabei bedienen zu lassen, und der Schultheiß hatte als Obermundschenk voranzugehen.

Am Morgen jenes Tages, von dem die Rede ist, streifte Pfeffer allein in dem Städtchen, das wie ausgestorben lag, und versuchte vergebens, einen Trunk zu erlangen. Die Wirtshäuser waren geschlossen, die Frauen zechten auf dem Rathaus, und die Männer waren ausgezogen und behagten sich, um den Frauen zu trotzen, irgendwo im Wald auf ihre Weise.

Es war ein heißer Tag, und in der Ferne begann es zu gewittern.

Wie wär's, dachte Pfeffer, wenn ich aus dem Wolkendonner einen Pulverdonner machte, daß die Weiber heimliefen und ich endlich zu einem Trunk käme? Vielleicht ist dem Frieden zwischen den Geschlechtern durch einen kleinen Schrecken nachzuhelfen?

Also lief er wie ein Feuermelder vor das Rathaus, schrie Mord und Brand, Krieg und Entsetzen, ließ die Franzosen zu allen Toren hereinstürmen, die

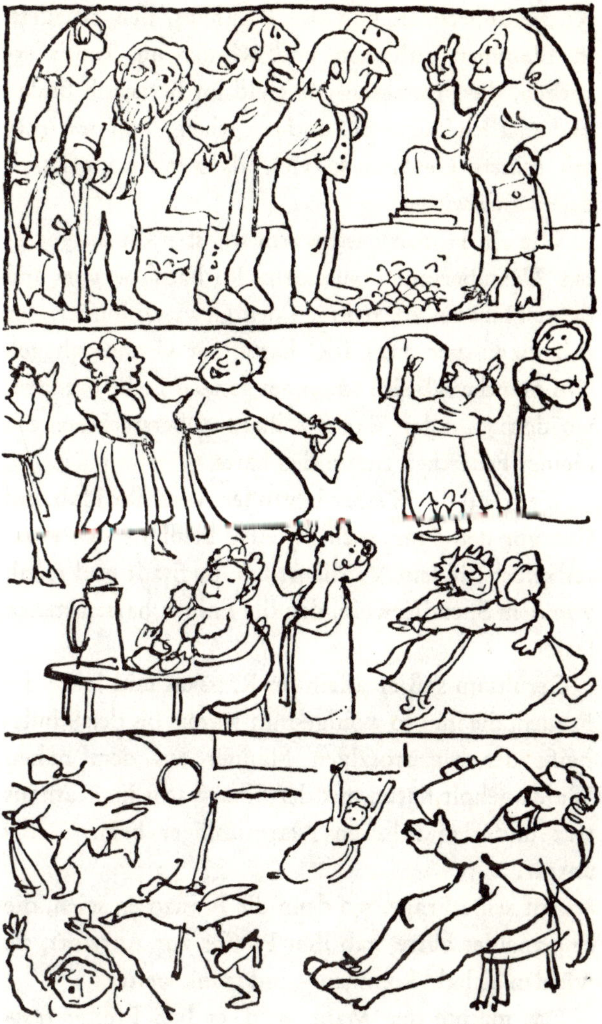

Kirche anbrennen und das Backhaus, ließ Scheuern in Flammen aufgehen und Kinder im Rauch ersticken, die Franzosen das Geld im Bettstroh finden und zu allen Türen aus und ein gehen – und bewirkte mit seinem Geschrei so viel, als wenn sie wirklich dagewesen wären.

Wie ein Hornissenschwarm schossen die aufgeregten Urlauberinnen aus dem Rathaus hervor und ihren Häusern zu, nahmen den Gewitterdonner, der sich inzwischen verstärkt hatte, für Granatenhagel, und manche sah sich schon am ganzen Leibe brennen, wo doch nur der Wein in ihrem Oberstöckchen ein kleines Feuerchen entzunden hatte.

Während die Weiber in großer Angst ihr Hab und Gut vor den Franzosen retteten, belohnte sich Pfeffer selbst für sein Verdienst um die Stadt und trank von dem Spendierwein, den die Frauen hatten stehen lassen.

Geruhsam saß er allein im Ratssaal und lobte die Frauen, die ihm so wohlgesinnt waren, bis der Schultheiß, der die trotzigen Männer aus dem nahen Walde geholt hatte, mit der Scharwacht ins Rathaus trat und den falschen Alarmschläger beim Weine antraf.

Auf seine Frage, wo denn die Franzosen seien, die er gemeldet hätte, gab ihm Pfeffer zur Antwort, sie würden alsbald kommen – und trank weiter.

Das machte den Mann wild, er ließ Pfeffer festnehmen und auf den Markt führen, wo sich die Bürger mit Hauen und Sensen versammelt hatten, und fuhr ihn an: „Ist das der Sinn deines Alarms, daß du dich an anderer Leute Wein vergreifst, Bube? Warte, wir wollen dich mit Wasser tränken, bis dein Durst gestillt ist!“ Und die Räte beschlossen, daß Pfeffer im Marktbrunnen ertränkt werden sollte!

Pfeffer bat um ein letztes Wort, stellte sich auf den Brunnen und sagte: „Eine gute Nachricht ist immer eine Kanne Wein wert! Gebt ihr's zu?“

Sie nickten widerwillig.

„Wo der Franzose steckt“, fuhr er fort, „weiß ich allein! Zum zweiten: Wer Frieden stiftet zwischen Mann und Weib, und noch bei so vielen Paaren, hat eine zweite Kanne verdient!“ Sie schwiegen.

„Zum dritten“, ließ er sich vernehmen, „habe ich Alarm geschlagen, daß ihr eure Weiber und Töchter zeitig anbinden könnt, ehe der Franzos' kömmt! Ihr wißt, das Franzosenvolk ist lüstern und das Weibervolk neugierig! Wer aber über der Ehre seines Nächsten wacht, hat wieder eine Kanne Wein verdient. Eine habe ich getrunken, und wenn ich die Rechnung mache, seid ihr mir noch zwo ganze schuldig!“

Als Antwort auf seine Rede schlugen die Bürger mit ihren Hauen und Sensen aneinander und machten einen Lärm, der weit lauter war als jener, den Pfeffer geschlagen hatte. Einige schrien: „Er hat unsere Weiber und Töchter beleidigt!“ Andere: „Er hält uns für Hansnarren! Hängt ihn auf! Das Wasser ist zu schade für ihn!“

Aber Pfeffer mußte nicht mehr reden.

Der Franzose sprang für ihn ein und schickte eine wohlbeschaffene, runde, schöne Kanonenkugel in die Stadt, die mit großem Getöse mitten auf dem Marktplatz niederging und zu Pfeffers Gunsten das Urteil sprach. Zu gleicher Zeit blies der Turmwächter sein „Mordio! Feindio!“ vom Turm. Der Mut des Schrekkens fuhr in die Männer, sie schulterten ihre Hauen und Sensen und wollten dem Feind entgegenrücken. „Es ist zu spät!“ rief ihnen Pfeffer zu, „schützet die Tugend eurer Weiber!“ Und schon sprengten die Kürassiere der Franzosen von zwei Seiten in die Stadt. Ehe sie in der Mitte zusammentrafen, waren die Männer bei ihren Weibern, legten das Sperreisen vor ihre Tugend, schlossen die Läden vor ihrer Neugier und schoben den Riegel vor ihre Unvernunft.

Pfeffer ging ins Rathaus, trank seine wohlverdienten Kannen und ließ dem Feinde den Rest.

Im Ortsarrest

Die Mirzl war in banger Sorge. Seit drei Tagen war Pfeffer verschwunden. „Wo bist du, langes Ungeschick?“ klagte sie, schlich durchs Lager der Soldaten und fragte jeden Bauersmann, der von den Franzosen kam, ob man ihn dort gesehen hätte!

Endlich ward ihr Gewißheit: Die Franzosen hatten ihn gefangen! Tot oder lebendig, sie mußte ihn wiederhaben! – Und ging in die Stadt, wo er den Franzosen ins Garn gegangen war.

Der Wachtmeister am Tor fragte sie auf Französisch: „Was willst du, Mamsell?“

Sie gab an, sie müsse zu ihrem Ohm.

Der Wachtmeister, der das Ohm mit französischen Ohren hörte und einen „homme“, also Mann, darunter verstand, fand Gefallen an ihr und sagte, er diene ihr als Mann ebensogut wie irgendein anderer!

Nun war ein langes Hin und Her über Ohm und

homme, der Franzose wurde deutlich und die Mirzl barsch. Mittlerweile mischten sich die Kameraden des Wachtmeisters in die Verhandlung und hielten sich gleichfalls als „Homme“ für die Demoiselle empfohlen, bis sie die Geduld verlor und dem Frechsten eine Schelle gab. Das konnte ihr der Wachtmeister nicht durchgehen lassen und ließ sie festnehmen.

Die Schürzenjäger griffen in unziemlicher Weise zu, nahmen sich an der Wehrlosen ihre Frechheiten heraus und schleppten sie vor ihren Kommandanten auf das Rathaus.

Dieser, der ein Generalschürzenjäger war, schickte die geringen Handlanger, die ihm das Mädchen gebracht hatten, vor die Tür, nannte sich selbst den besten und superfeinsten „Homme“ für die Demoiselle und bot ihr höflich an, die wohlverdiente Strafe in einen bequemen Hausarrest auf seinen Zimmern zu verwandeln, wenn sich die Jungfer ihrerseits zu einer kleinen Freundlichkeit verstehen wollte.

Aber die Jungfer fand das Angebot zu höflich und verlangte das unbequemere Gefängnis.

Das wollte der Franzose nicht verstehen. Als sie auf ihrem Willen bestand, drehte er ihr eiskalt den Rücken und ließ sie in den Ortsarrest führen.

Es fiel ihm zwar ein, daß schon eine männliche Person darinnen saß, ein Kerl, der wegen Spionierens verdächtig geworden war, aber der dummen Demoiselle war es zu gönnen, daß sie in seine Hände geriet, die ihm weniger fein zu sein schienen als die eines Franzosen.

Als die Mirzl in den Arrest trat und den Arrestanten auf seiner Schranne liegen sah, wollte ihr fast das Herz stillstehen vor Schreck und Freude.

Die Schürzenjäger, die die Tür hinter ihr schlossen, lachten teuflisch und meinten wunder was für eine grausame Strafe ihr kluger Kommandant der dummen Deutschen zugedacht hatte.

Daß der Gefangene kein anderer war als der Liebhaber der Demoiselle, den sie so sehnlich suchte – wie hätten sie es wissen sollen!

Wenn zwei, die sich lieben, auf den Mond sollten geschossen werden, sie säßen dort ebenso glücklich wie auf der Erde und lebten eine schöne Weile von nichts weiter als von Luft und Liebe und freuten sich, daß sie allein wären!

Nicht minder freute sich die Demoiselle, daß sie zu ihrem rechten Liebhaber gekommen war, und Pfeffer wußte sie so gut über ihr Unglück zu trösten, daß sie nichts sehnlicher wünschte, als immer mit ihm zusammen zu sein.

Daß der Erzherzog ein wenig anders dachte als die beiden, wer konnte es ihm verübeln? Noch ehe es Nacht wurde vor den Gitterstäben ihres Gefängnisses, machte er ihrem Liebesstündchen ein Ende, schickte einige seiner großen Kugeln und Granaten in die Stadt und scheuchte die Franzosen unfreundlich aus ihrem warmen Neste auf. Als sich die Kugeln mehrten und etliche Häuser in Brand geschossen waren, rief Pfeffer durchs Fenster, man möge seiner nicht vergessen, ehe alles abbrenne! –

Das wurde von den Bürgern, die draußen umherstanden, wohl vernommen, aber weil sie eine eingeborene Scheu hatten vor Leuten, die hinter Gittern saßen, ob sie nun zu Recht oder Unrecht dahintersaßen – sie wagten es nicht, den Eingekerkerten die Freiheit zu geben, und Pfeffer sah ihre Häuser in Flammen aufgehen, erlitt ein Schwitzbad ums andere und glaubte, die Uhr habe Letzt geschlagen. Währenddessen schlief die Mirzl auf ihrer Schranne und merkte von alledem nichts. Erst als eine Kugel das Dach des Rathauses abdeckte und die zerbrochenen Ziegel auf das Arresthaus prasselten, schlug sie ihre Guckaugen auf und fragte verwundert, was es gäbe.

„Ein Hütlein Schlafpulver vom Erzherzog!“ erwiderte ihr Pfeffer, und schon schlug eine Granate in das Arresthaus ein, in dem sie gefangen lagen, hob das Dach hinweg, als wär's ein Kochdeckel, und ließ einen Rauch aufgehen, als würde ein Braten abgelöscht.

In diesem Rauch verging ihnen beinahe Hören und Sehen, sie merkten aber doch, daß ihnen der Erzherzog ein Loch in ihr Gefängnis geschlagen hatte, und nahmen schleunig Reißaus, wenn auch auf einem anderen Wege, als sie hereingekommen waren.

Guter Rat ist teuer

Die Ratlosen sind ein zahlreiches Geschlecht und sitzen auf der ganzen Erde. In Friedenszeiten sieht man sie des Abends in den Schenken, wo viel getrunken und beraten wird. Sie ducken sich über ihr Schöpplein Wein, horchen nach links und rechts, nach oben und unten, sagen ja und nicken, wenn die Gescheiten reden. Wenn eine Gefahr ist, kommen sie aus den Häusern, stehen zusammen, jammern und heben die Hände. Und da erst sieht man, wieviel Ratlose gibt es auf der Welt!

Als Pfeffer dem Gefängnis entronnen war, fragten ihn die Ratlosen im Städtchen, was es denn für ein Mittel gäbe gegen den greulichen Krieg.

Pfeffer war nicht gesonnen, die Unfreundlichkeit zu vergessen, die sie ihm einige Tage zuvor erwiesen hatten, als sie ihn wegen einem Maß Wein ertränken wollten, und gab ihnen zur Antwort:

„Gegen Läuse ist Pulver gut, gegen Russen Schwefel und gegen die Franzosen – Pardon! – hilft die Hitz'!

Was gut ist gegen den Krieg, vermag ich so schnell nicht zu sagen! Lasset mir Zeit, nachzudenken!

Ei, fällt mir doch das Denken schwer! Es ist mir ganz und gar, als dächte ich nur mit dem Gurgelknopf, seit die Granate überm Arresthaus geplatzt ist und das Dach abgehoben hat!

Nehmt es mir also nicht übel, wenn ich euch einen Rat gebe, der nicht aus meinem Kopfe stammt, denn es ist mir jetzt gerade so, als hätt' ich gar keinen!"

Die Ratlosen wollten aber durchaus einen Rat von ihm haben und sagten, es sei möglich, daß er mit der Gurgel besser dächte als andere mit dem Kopf. Hätte er doch auch gewußt, daß die Franzosen kommen würden, und darum den großen Ehefrieden im Städtchen gestiftet! – „Dafür habt ihr euch schlecht bedankt!" sagte Pfeffer.

Das tat ihnen allen leid, und sie versprachen, ihr Unrecht wieder gutzumachen, wenn er ihnen nur einen Rat geben würde in ihrer Not. Da zuckte Pfeffer zusammen, als hätte ihn eine Ratte gebissen, und schrie:

„Jetzt ist mir eben ein guter Gedanke in die Gurgel gefahren! Dort drinnen, wo es am engsten ist, steckt er und will weder hinaus noch hinein, weder hinauf noch hinunter. Wenn ihr nicht schnell bei der

Hand seid wie die Hebammen, ist er für alle Zeiten verloren! Inzwischen will ich euch auf halbem Wege entgegenkommen und die Zunge herausstrecken, daß Ihr ihn besser sehen und greifen könnt!“ Und er stand mit heraushängender Zunge vor ihnen, sah, wie sie sich verzappelten, seinen guten Rat mit Händen zu greifen, und merkten nicht, daß er einen Spott mit ihnen hatte.

Chevalier Jacques David Poivre de Stetten

Als der Schalk seinen guten Rat angebracht hatte, ging er weiter und nahm wieder sein gefährliches Handwerk auf. Es war aber schwer anzustellen, den Franzosen auf die Finger zu schauen, denn in der Kleidung, die der Schwabe trug, war er ihnen bekannt.

Er kam auf den Gedanken, einem toten Musjöh die Hosen auszuziehen und als Franzose zu gehen, und schlich sich an die Plätze, wo geschossen wurde, in der Hoffnung, etwas Brauchbares zu finden. Die Franzosen schonten sich aber sehr und waren noch sämtlich am Leben. Da sah er vor einem zerschossenen Haus einen französischen Korporal auf seinem leeren Brotsack sitzen und jämmerlich greinen. Weil er des Mitleidens wert war, ließ er sich zu ihm nieder und sprach ihn an: „Musjöh, was hat euch der Krieg eingebracht?“

Der Musjöh, der ein Elsässer war, erwiderte auf Deutsch:

„Nichts, Kamerad! Nichts! – Hätte ich nur mein Jeanettchen nicht verlassen!“

„So geht der Wind!“ dachte Pfeffer und sagte laut: „Die Krankheit ist weit verbreitet! Dagegen ist gut: Den Kragen spülen, die Zunge fleißig baden und den Brustkorb gegen einen Tisch drücken, auf dem gebauchte Flaschen steh’n!“

Der Korporal hörte plötzlich zu weinen auf und sagte:

„Zuvor aber sollte man eine Wurst durch den Hals springen lassen, und wenn sie im Magen ist, einen Braten darüberstülpen!“

„Du gefällst mir schon besser, Musjöh!“ lachte Pfeffer, „und wenn du des Krieges müde bist, komm mit mir, ich will dich zu einem Arzt bringen, der dich von Grund auf kuriert!“

Der Soldat zeigte Lust, sich heilen zu lassen, und ließ sich von Pfeffer in eine Wirtsstube führen, wo sie allein waren. Da wurde der Kranke traktiert, wie es sich gehörte. Und er ließ sich alles wohlschmecken!

Als er wieder bei Kräften war, lachte er über sich selbst, ließ sein Jeanettchen hochleben, und Pfeffer stimmte mit ein. Danach fing er an, den Krieg und sein aufgezwungenes Franzosentum zu verwünschen, redete wieder von Jeanettchen, seiner Braut, und seufzte: „Ach, ich kann die Stunde gar nicht erwarten, wo ich den bunten Rock ausziehen und vor mein Jeanettchen hintreten werde ..."

„Die Stunde ist da!" sagte Pfeffer.

„Was sagst du, Kamerad? Ist mein Jeanettchen vielleicht hier in der Stadt und will mich holen?" fragte der Verliebte.

„Nicht weit von hier!" antwortete Pfeffer, „aber den Rock darfst du getrost jetzt schon ablegen, denn sie läßt nicht mehr lange auf sich warten! Und wenn du in einem schlichten Bürgersgewand vor sie hintreten willst, so brauchen wir nur zu tauschen!"

Der Soldat aus dem Schnakenloch wußte sich gar nicht zu fassen, meinte, Pfeffer wüßte mehr von seinem Jeanettchen als er selbst, legte sogleich seinen Rock ab und warf ihn über den Tisch. Pfeffer tat dasselbe, dann tauschten sie die Hosen, die Stiefel und die Strümpfe, und es hatte sich noch kein Franzose schneller in einen Deutschen verwandelt!

Nun hatte Pfeffer keinen größeren Wunsch mehr, als ihn mit seinem lieben Jeanettchen allein zu lassen, stülpte ihm den leeren Brotsack über den Kopf, knüpfte ihn sogar ein wenig am Halse zu – und verschwand durch die Tür.

Die Mirzl hatte sich unterdessen einer Krämersfrau, die neben der Kirche ihren Stand hatte, als Aushelferin verdungen, verkaufte den Franzosen Schuhriemen und Bartwichse, Laxiermittel und Pomade, und das Geschäft kriegte einen starken Zulauf, seit sie der Krämerin an die Hand ging. Es war am Morgen nach dem großen Schießen, als ihr ein französischer Korporal vor ihrem Stand den Hof machte und sie durch allerlei schlaue Reden und Anspielungen in Verwirrung brachte. Wo nur der Teufelskerl all das in Erfahrung gebracht haben mochte, was ihre kleine Person betraf, denn auch von dem Arrest, den sie verbüßt hatte, wußte er – der Satanskerl, der himmellange, mit dem schwarzen Schnurrbart und dem braunen Gesicht!

Für einen Franzosen sprach er vortrefflich Deutsch, wenn er auch manchmal über ein Wort stolperte. Je länger er der Verkäuferin zusetzte, desto mehr verwirrte sich ihr Sinn, und als er sie gar zu einem Rendezvous hinter der Kirche einlud, wußte sie in ihrer Verlegenheit nichts anderes als ja zu sagen. Die Krämerin, die den Handel mit anhörte, war darüber empört, sei es nun aus Jalousie, weil ihr der Korporal selber in die Augen stach, oder weil sie es ihrer Aushelferin verargte, daß sie sich von einem Franzosen vor aller Welt hofieren ließ. Die Mirzl merkte das wohl, wurde auf einmal kühl und tat, als hätte sie sich nur einen Scherz geleistet. Da wurde der Franzose hitzig, berief sich auf seine Ehre als Bürger der großen Nation, legte die Hand aufs Herz, nannte sich einen Kavalier vom alten Adel, der sich umständehalber gezwungen sehe, mit dem gemeinen

Soldatenhaufen zu laufen, seit ihm die Jakobiner sein Schloß angezündet hätten, nannte seinen Namen und stellte sich vor als ein – Chevalier Jacques David Poivre de Stetten!

Die Krämerin, die sich gern mit noblen Bekanntschaften schmückte, und den Edelmann gern in ihrem Hause sehen wollte, meinte nun, daß er doch bessere Behandlung verdiente, und steckte es ihrer Handlangerin, sie möge sich insgeheim mit ihm verabreden und ihn nach der Marktzeit in ihr Haus führen.

Die Mirzl fand das Ansinnen ehrenmäßig und erbat sich einen Kuppelurlaub, den ihr die ungeduldige Krämerin auf der Stelle gewährte. Mit aller Anmut knüpfte sie sich sodann ihr Tüchlein um den Kopf und ging hinter die Kirche.

Sie mußte nicht lange warten, da fegte der Franzose um die Ecke, wichste sich den Schnurrbart und freute sich, so schnell an sein Ziel gekommen zu sein.

Aber anstatt eines lieben Mädchens empfing ihn eine kleine Teufelin, die ihm eine Ohrfeige ins Gesicht zündete, daß seine Backe einen Hagebuttenstrauch zeigte, und machte ihm ohne Worte deutlich, wie sie einem zudringlichen Franzosen gegenüber gesinnt war.

Der Korporal schrie: „Was erlaubt sich die Mamsell? Was fällt Ihr ein? Ich bin Chevalier Jacques David Poivre ..."

„Warum wundert ihr euch?“ erwiderte die Deutsche ruhig, „auf solche Weise empfange ich alle Chevaliers vom alten Adel, und besonders die von Stetten, von denen es noch mehrere im Lande gibt!“

Der Chevalier wußte nicht, wie er die Antwort aufzufassen hatte, war sehr gekränkt und wollte sich empfehlen, da machte sich die Deutsche zärtlich an ihn heran, streichelte ihm über die Wange, die noch immer flammte, und zupfte ihn ein wenig an seinem Schnurrbart, daß ihr gleich ein ganzes Büschel schwarzer Barthaare in der Hand blieb. Bei diesem Werke fing der Chevalier sauersüß zu lächeln an, und die Deutsche sagte: „So könnte ich, wenn ich weiterzupfte, alsbald einen ehrlichen Pfeffer von Stetten aus euch machen, Chevalier Jacques David Poivre de Stetten – aber warum maskiert ihr euch so schlecht?“

Der Chevalier mußte sich nun wohl oder übel in den Scherz fügen, den die schlaue Person mit ihm angestellt hatte, und konnte sich außerdem sagen, daß er die Ohrfeige verdient hatte, weil seine Maskierung so handgreifliche Mängel gezeigt hatte, was für einen Kundschafter nicht ungefährlich ist. –

„Die Probe ist schlecht abgelaufen!“ sagte der Chevalier zu dem Mädchen, „ich muß mich besser maskieren und will zu einem Barbier gehen, der etwas kann!“

„Und was sag' ich der Krämerin?“ fragte die Mirzl.

„Du magst ihr sagen“, antwortete Pfeffer, „der Chevalier habe nicht Stich gehalten, dann wird sie ihn leicht verschmerzen, außerdem sagst du die Wahrheit!“

Pfeffer macht große Politik

Mittlerweile hatten die Österreicher aus Langeweile wieder begonnen, auf die Stadt zu schießen. Die Franzosen suchten ihre Leute zusammen und gaben Antwort. Pfeffer machte sich eiligst aus dem Staube, er hatte keine Lust, mit dem Franzosentum Ernst zu machen. Er hätte etwas darum gegeben, seinen Elsässer wiederzufinden und seinen guten alten Rock einzutauschen, aber der Musjöh saß irgendwo versteckt und freute sich, daß er dem Krieg entkommen war. Als die Kanonade im schönsten Gange war, kam ein französischer Staffettenreiter in die Stadt und rief schon von weitem:

„Où est le Général?"

Weit und breit war kein Soldat zu sehen, außer Pfeffer.

Der Kurier ritt sogleich auf ihn zu und fragte ihn höflich nach seinem General. Da blieb dem Schelmen nichts anderes übrig, als sich taub und stumm zu stellen, und je mehr der Franzose schrie und gestikulierte, um so mehr bedauerte Pfeffer mit Gebärde und Miene, daß er kein Wort verstünde! In der Hitze verriet der Franzose, was er für Nachricht brachte, und rief: Der Friede sei gemacht, die Österreicher in der Lombardei geschlagen, der Krieg zu Ende! und „Parbleu!“ – „Dieu sacre!“ und „Où est le Général?“ Aber Pfeffer blieb stumm wie zuvor, lächelte blöde, lallte wie ein Taubstummer, bis der Franzose weiterritt und an anderer Stelle nach seinem General fragte.

So kam es, daß Pfeffer als erster wußte, was die Glocke geschlagen hatte – und keiner hatte es nun eiliger mit dem Friedenmachen als der Chevalier Jacques David Poivre de Stetten, der seines bunten Rockes schon überdrüssig geworden war.

Welch eine Botschaft! Das mußte er mit seiner Mirzl bereden!

Er rannte auf den Kirchplatz und sah sie eben damit beschäftigt, ihrer Krämerin beim Einpacken ihrer Kramwaren zu helfen.

Er ließ ihr keine Zeit dafür, nahm sie an der Hand und riß sie mit sich fort. Die Krämerin keifte hinter ihm drein, aber sogleich wurde ihr der Mund gestopft, denn eine Granate ging auf dem Kirchplatz nieder, fegte ihren Kram in alle Winde und ließ die Keiferin einen Wirbel tanzen.

„Der Fried' ist da!" jauchzte Pfeffer und schwang die Mirzl im Kreis – da zischte eine zweite Granate auf das Kirchendach, daß die Ziegel wie Nachtmäuse durch die Luft pfiffen, aber Pfeffer jauchzte: „Der Fried' ist da!"

Die Mirzl heulte: „Der Teufel ist los!"

„Zum Teufel! Der Fried' ist da!" rief Pfeffer.

„Der Teufel ist Fried'!" heulte die Mirzl.

Da machte Pfeffer der Teufelei ein Ende, nahm die Mirzl auf den Arm, trug sie in den offenen Turm und sagte ihr, man müsse droben eine weiße Fahne aufstecken, damit der Österreicher noch zeitig vom Frieden erfahre, ehe er die ganze Stadt kaputtschieße!

Das ging ihr ein, und die beiden stürmten die Turmstiege empor und kümmerten sich nicht darum, ob die Granaten links oder rechts in die Kirche schlugen, sahen die Glocken auf dem Stuhl vom Druck der Luft in Schwung geraten, stürmten weiter, bis sie oben waren, fanden die Turmstube leer, rissen ein Laken aus dem Turmwächterbett und hißten es an einer langen Stange!

Es dauerte nicht lange, da stellten die Österreicher das Schießen ein, und Pfeffer sah, wie die kaiserlichen Offiziere, die das Feuer leiteten, ihre Okulare auf den Turm richteten.

Was konnten sie anders erspähen als einen Franzosen, der die Fahne der Übergabe schwang, und eine Jungfer, die ihn dabei unterstützte!

Nun traten sie zusammen, beratschlagten und schickten einen Parlamentär zu den Franzosen. Die waren überrascht, daß sie schon übergeben haben sollten, blickten in gleicher Weise auf den Turm und die Fahne, da sie aber die Friedensbotschaft nicht verschweigen konnten, die sie mittlerweile erhalten hatten, wußten sie keinen anderen Rat und senkten die Waffen.

Wie unten in der Stadt, ward es auch oben auf dem Turm bald stille.

Pfeffer hatte dem Krieg ein Ende gemacht.

Lächelnd schloß er die Turmstubentür von innen, zog die schweren Stiefel aus, und der Kuckuck legte sich in ein gemachtes Nest.

Nur die Uhr störte ihn noch, die der Türmer in der Stube aufgehangen hatte. Da nahm er den ticken-den Zeitweisel von der Wand und schob ihn unters Bett, wo er zur Ruhe kam.

Der Zeiger stand verschmitzt auf Zwölfe!

Ein Friedenstraum

Die Turmuhr schlug Stunde um Stunde, die Nachtmäuse flatterten um das Turmgesimse, der Hahn krähte, aber Pfeffer schlief und träumte:

Ei, war das ein Leben! Der Krieg war vorbei! Die Franzosen geschlagen! Die Menschen tanzten auf den Straßen, und einer trug eine lange Stange, an der ein Bonapärtchen baumelte!

Der Korporal von Stetten fuhr in einer offenen Kutsche nach Wien zum Kaiser. Zu seiner Linken saß der Erzherzog und bot ihm respektvoll eine Prise. Das Volk auf den Gassen schrie: „Heil dem Erzherzog, und zwiefach Heil dem Pfeffer, der den Frieden gemacht hat!“

Er verbeugte sich vor der Menge, und der Erzherzog klopfte ihm wohlwollend auf die Schultern. Unterwegs in den Dörfern wurden sie von den Schultheißen begrüßt, mußten lange Reden hören und tiefe Ehrenkelche trinken. Sie fuhren tagelang durch Ehrenpforten und geschmückte Städte, wurden mit Blumen überschüttet und kamen endlich nach Wien, wo sie vom Kaiser empfangen wurden.

Der Kaiser war ein schlanker Mann mit einem schönen blassen Gesicht. Er trug einen blauen Galarock, und auf der Brust prangten ihm sieben silberne Sterne. Als die Chaise vor seinem Schlosse hielt, kam der Kaiser die Treppe herunter und küßte seinen Erzherzog auf die Stirn. Mit Pfeffer aber schritt er Arm in Arm ins Schloß – und das Volk jubelte!

Auf der marmornen Treppe, die zu den Sälen führte, standen die Ehrenjungfrauen, hielten Leuchter in den Händen und verneigten sich vor Pfeffer und dem Kaiser.

Es war eine unter ihnen, die ihm besonders gut gefiel, so daß er stehen blieb und sie anredete:

„Kennen wir uns nicht, meine Liebe, Gute?"

Die Jungfrau verneigte sich, lächelte bescheiden und antwortete:

„I bitt um Permiß, i bin bloß die Mirzl aus Bayerisch-Zell!"

„Mein liebes Kind", half ihr Pfeffer aus der Verlegenheit, „dann sind wir uns ja eben nicht fremd!", und er kniff ihr zärtlich in die Backe, stellte sie seinem Kaiser vor, und der küßte ihr die Hand. So ging es weiter!

Im Goldenen Saal setzte sich der Kaiser auf den

Thron und hielt eine lange Rede. Der Sinn aber war der: Das Volk danke seinem Erzherzog, daß er so tüchtig dreingehauen und die Franzosen aus dem Reich vertrieben habe, Pfeffer jedoch gebühre das höchste Lob, weil er den Frieden gestiftet und durch seine mutige Tat bewiesen habe, daß er mehr könne als Späße machen und auf der Fiedel kratzen! – Er möge jetzt nur sagen, was ihm zu seinem irdischen Wohlbehagen fehle, die Majestät wolle ihm jeden Wunsch erfüllen, sei er auch noch so groß!

Da war Pfeffer zum erstenmal in seinem Leben verlegen.

Doch der Erzherzog und die gnädige Kaiserin selbst bestürmten ihn, nur nicht genant zu sein, der Kaiser meine es wirklich ernst. Unverschämtes Wesen war Pfeffer fremd, und schließlich wagte er den Kaiser zu bitten, er möge ihm die Ehrenjungfrau, welcher er auf der Treppe die Hand geküßt, zur Frau geben, und wenn er wolle, eine nette Beisteuer für den jungen Hausstand, aber die zwote Bitte dünke ihn schon beinahe verwegen, weshalb er untertänigst um Permiß bitte, wenn er kaiserliche Majestät damit befremde!

Da lachte der Kaiser und die Kaiserin, der Erzherzog und die Reichsgrafen, die dem Zeremoniell anwohnten; die Hofmeister kicherten, die Lakaien schmunzelten, und hinter seinem Rücken erhob sich ein Lärm, als brächte man die Glückliche schon im

Triumph in den Goldenen Saal, wo der Kaiser die beiden miteinander verloben wollte – in diesem Augenblick erwachte der Bräutigam an einem wahren Fuhrmannslärm auf der Turmstiege, sprang aus dem Bett und öffnete die Tür, noch ganz von Sinnen.

Draußen stand ein Haufe von aufgeregten Weibern, die laut aufkreischten, als sie den Franzosen erblickten.

Nur eine ließ sich nicht schrecken und schimpfte unflätig, drang in die Stube ein, machte sich über die unschuldige Schläferin her und riß ihr die Decke vom Leib.

Pfeffer zog heftig vom Leder und brachte die Störenfriedin in die Enge, da er aber gewahr wurde, daß er die Mutter seiner Liebsten unter die Fäuste genommen hatte, tat es ihm leid, und enttäuscht ließ er die Arme sinken.

Laßt uns verschweigen, was das unartige Weib ihrer Tochter und ihrem Liebhaber für Worte ins Gesicht schleuderte, was für ein Geschrei sie aus ihrer Angst machte, die sie um ihr Kind gelitten haben wollte, bis sie es endlich wieder gefunden, als sie mit den Österreichern in die Stadt eingezogen war!

Es ist nicht nötig, auszumalen, in welcher Weise die Begleiterinnen der Marketenderin, voran die Krämersfrau, die das Liebesversteck verraten hatte, an dem Streit und Geschrei teilnahmen, sich wichtig nahmen, visitierten und guckten und die entrüstete

Mutter an Ungeschicklichkeit und Torheit noch überboten!

Ehe sich Pfeffer zu fassen wußte, hatte die Mutter ihre weinende Tochter reisefertig gemacht, um gleich mit ihr die Heimfahrt anzutreten – und überließ den verdutzten Chevalier ihren Begleiterinnen, die ihm mit den Fingernägeln das Gesicht verunzierten, bis ihrer Wut ein Ende bereitet wurde durch den Hinzutritt einer Mannsperson, die sich mit Pfeffer allein zu unterhalten wünschte.

Es war der Soldat aus dem Schnakenloch, der seine Uniform zurückverlangte, und Pfeffer bedauerte, daß er schon wieder in den Krieg geraten war, wo er sich anschickte, ihn für seine Person zu beendigen und mit seinem Regiment in die Heimat zu ziehen.

Sie wechselten die Kleidung, und der Elsässer eilte, zu seinem Jeanettchen zu kommen.

Die Weiber, die draußen vor der Stube lärmten, gaben ihm zum Abschied noch einige Kopfnüsse und Nasenstüber auf den Weg, denn sie wußten nicht, daß die Uniform ihren Mann gewechselt hatte. Unterdessen hatte sich auch der Turmwächter zu ihnen gesellt, und mit ihm drang der Schwarm der Weiber noch einmal in die Stube. Eine zog das zerfetzte Laken ein, das noch draußen an der Stange wehte, eine andere entdeckte den Zeitweisel unterm Bett und brachte ihn wieder zum Leben - mittlerweile war Pfeffer überflüssig geworden und machte sich unsichtbar.

Pfeffer verliert beinahe seinen Verstand

Pfeffer verließ die Stadt und wanderte nach Lauffen am Neckar, wo sich die österreichischen Truppen noch einmal sammelten, ehe sie weiterzogen in ihre Heimat. Dort hoffte er seine Liebste wiederzufinden. Der Schelm war sehr traurig und ließ den Kopf hängen. Unterwegs begegneten ihm Landleute, die sich des Kümmerlings erbarmten und ihn fragten, was er denn für ein Leid erlitten habe, daß er den Kopf so hängen lasse?

Da antwortete er ihnen: „Ich habe höher hinaufgestrebt in der Liebe als die gemeinen Sterblichen und war schon hoch oben – da mußte ich einen so tiefen Fall tun!"

Das verstanden sie nicht und meinten, der schreckliche Krieg habe den Armen um sein bißchen Verstand gebracht, hatten Mitleid mit ihm und gaben ihm viel fromme Trostsprüche und gute Bissen auf den Weg.

Am unteren Lauf der Zaber, nahe bei Lauffen, ging er lange dem Bach entlang, aber in der Richtung gegen den Strom, und tat so, als suchte er etwas im Wasser. Auf den Wiesen in der Nähe waren viele Leute mit Heuen beschäftigt, die ließen ihre Gabeln liegen, kamen herbei und fragten ihn: „Was gibt's? Was suchst du in unserem Bach?“ – „Ach“, erwiderte Pfeffer, „was soll ich lange reden, ihr versteht mich ja doch nicht!“, suchte weiter und sah drein, als wäre er nahe am Weinen.

Da erbarmten sich die Frauen unter ihnen und fragten sich gegenseitig: „Was mag ihm wohl fehlen? Was hat er denn verloren?“ und folgten ihm dem Bach entlang, immer gegen den Strom, fanden aber nichts.

Nach einer Weile waren sie des Suchens überdrüssig, blieben vor ihm stehen und fragten ihn ernsthaft: „Sag uns jetzt, was suchst du in unserem Bach?“

„Ach, ihr Frauen“, antwortete Pfeffer und wischte sich eine Träne aus dem Auge, „ich suche meine Liebste!“

„Ja, ist sie denn ins Wasser gegangen?“ fragten die Frauen.

„Es ist schon möglich“, antwortete der Schalk, „denn sie hatte keine Freude mehr am Leben!“

„Aber, Mann!“ sagte eine von den Weibern,

„warum läufst du denn immer g e g e n den Strom, sie kann doch nur m i t dem Strome getrieben sein!“

„Ei“, erwiderte Pfeffer, „wie willst du das wissen? Ich kenne doch meine Liebste besser als du, und weiß, daß sie immer gegen den Strom geschwommen ist! Deshalb kann sie auch jetzt nicht anders! Sie war eben eigener als ihr gewöhnlichen Röcke! – Aber helft mir nur weiter suchen, dort oben jenseits der Stellfalle muß sie zu finden sein!“ Das war den guten Weibern zuviel, und sie schmähten: „Du bist ein Zigeuner, und deine Liebste muß eine rechte Zuchtel gewesen sein! Sieh, daß du fortkommst, oder wir machen dir Beine!“, erhoben ihre Gabeln gegen ihn, und Pfeffer lief, was er konnte, nach Lauffen.

Die Stadt glich einer Festung und steckte voll von Soldaten. Auf den Straßen lagen die Truppen aller Nationen, die unter dem Doppeladler ins Feld gezogen waren: die Ungarn und die Kroaten, die Böhmen und die Slowakier, dazwischen standen die Ochsenwagen, die zu ihrem Troß gehörten. Pfeffer suchte die Marketenderin, kroch in alle Wagen, kauderwelschte in allen Sprachen, aber niemand konnte ihm Auskunft geben. Ein Soldat aus Linz wußte endlich, daß die Marketenderin gleich mit den ersten Regimentern, die umkehrten, den Heimweg angetreten hatte, und riet ihm, sich zu eilen, dann könne er sie vielleicht bei Besigheim einholen.

Pfeffer lief, was er konnte, und das Glück lief mit

ihm um die Wette. Unweit von Walheim überholte er die schnellfüßige Dame um Nasenlänge, sah ein Wägelchen auf der Straße rollen, das ihm wohlbekannt war, und einen Schimmel davor gehen, den er schon oft gezügelt hatte. Als er das Gefährt erreicht hatte, spionierte er, ob die Alte auf dem Bocke saß; als er sah, daß es die Junge war, die das Leitseil führte, lief er schneller und fing zu pfeifen an. Aber die Mirzl merkte nichts in ihrem Kummer und weinte verdrossen vor sich hin. Nun ging er voraus, tätschelte den Schimmel am Hals und gab ihm liebe Worte. Da bewegte das kluge Tier die Ohren, weil es Pfeffer kannte, blieb stehen und schaute sich nach seiner Herrin um. Pfeffer aber zog die Kappe tief ins Gesicht und sagte mit dumpfer Stimme: „Das Vieh denkt nicht und weiß doch, was für Wetter ist, aber eine Jungfer sucht ihren Strumpf und merkt nicht, daß sie ihn am Fuß hat!"

„Pfeffer!" rief die Mirzl hellauf und fiel fast vor Freude von ihrem Sitz. Pfeffer drehte sich um und stieg auf den Wagen. Sie mußten aber sehr behutsam und leise reden, denn die Mutter lag zuhinterst unter der Blahe und hatte Schlafzeit wie damals, als Pfeffer zum erstenmal auf den Wagen gestiegen war.

Der Bonaparte

Langsam fährt ein Marketenderwägelein über die Rauhe Alb der bayrischen Grenze zu.

„Ach, die Franzosen!" jammerte die Mirzl und bläst die Heulbäcklein auf.

„Der Bonaparte! Der Bonaparte!" klagt Pfeffer und pfeift wehmütig.

Da nimmt sich die Mirzl ein Herz und fragt ihren Freund:

„Wer ist der Mann mit dem neuen Namen, der den Erzherzog um seinen Sieg gebracht hat und uns so viel Herzeleid macht?"

„Ach", antwortete Pfeffer, „die französische Wehmutter, die so lang in den Wochen gelegen, hat einen ehernen Knirps zur Welt gebracht! Man sagt ihr nach, sie hätt' ihn gar nicht von ihrem Mann, sondern von einem Mitbuhler aus Korsika, was bei einem so schlechten Weibsbild nicht verwundert! Und welch Mirakel! Der Unband, den sie gebiert, kommt gleich mit einem Säbel zur Welt, wächst schneller als ein Rohr, steht nach drei Tagen schon auf den Beinen, haut Ammen und Wärter zu Boden und hat alsbald die Mutter, die alte Französin, unter seinem Willen. Danach springt er auf die Gasse, schlägt dem Nachbar Franz, das ist der Kaiser, auf die Backen, dreht Onkel Bull, dem Briten, eine Nase! Wie dieser ihm droht, hüpft er über eine Pfütze, 's ist das Mittelmeer, schleicht sich in Onkel Bulls Stall, stiehlt ihm ein Pferd, den Ägypter, reitet's zuschanden und stellt's ihm heimlich wieder vor die Scheuer. Derweilen ist seine unzüchtige Mutter daheim wieder in die Wochen gekommen, er schleicht sich herzu, nimmt ihr's Regiment aus der Hand und ist Herr im Haus! So einer ist der Bonaparte, der den Krieg in Italien gewonnen hat, wiewohl der Erzherzog auf schwäbischem Boden Sieger geblieben ist!"

„Der Teufel soll ihn holen, den mistigen Boanerbarthel!" schimpft die Mirzl, und sie kann den Kerl samt seinem Namen nicht leiden.

Aber Pfeffer antwortet: „Den Teufel, den hat der Bonaparte schon auf seiner Seite!"

Da heult die Mirzl laut auf und sagt: „Dann ist's im Himmel bestimmt, daß wir auseinander müssen!"

Mittlerweile hat das Wägelein die Grenze erreicht, und die Mirzl gibt ihrem Freund die Hand.

„Leb wohl, Pfeffer", sagte sie, „ich kann dich nicht vergessen! Wie wirst du mir fehlen, wenn ich auf meiner Alm mutterseelenallein unterm blauen Himmel lieg' und einen langen Tag hab'!

Wer sorgt für dich, wenn ich nicht mehr bei dir bin? Wer redet gut für dich, wenn dich dein böses Maul ins Unglück reißt? Wer geht zu dir in Arrest? Ach, es ist eine schlechte Zeit für die Spottvögel!"

Aber da lacht Pfeffer und sagt: „Die munteren Vögel sorgen sich nicht! Sie finden immer wieder, was sie brauchen; und die Spottvögel sitzen am vollen Tisch, wenn die Wahrheit abgetragen wird!"

„Ach, du wirst mich bald vergessen haben, schlechter Pfeffer!" klagt die Mirzl, nimmt ihren Freund beim Schopf und küßt ihn.

Pfeffer schüttelt den Kopf.

Da kommen die Bagagewagen der Österreicher wieder ins Fahren, und Pfeffer muß sich entschließen, abzuspringen, wenn er nicht von den Grenzern erwischt und als Deserteur gefangen werden will.

Er gibt der Mirzl einen letzten Kuß, tut einen Sprung vom Wagen und kommt mit dem Gesäß zuerst auf die Straße.

Die Mirzl nimmt es für ein gutes Zeichen, daß seine langen Lebenszeiger ins Bayrische hinüberweisen – und fährt getrost.

Die Schimmelstute

Der General Bonaparte hatte einen Pudel.

Und Herzog Friedrich hatte einen Minister.

„Normann!" rief der General seinem Hund. Der Pudel kroch heran, legte sich ihm zu Füßen und blinzelte.

„Normann!" sagte Herzog Friedrich zu seinem Minister – und der Minister blinzelte. Bonapartes Pudel machte Männchen, wenn es sein Herr wünschte. Der Minister tat alles, was sein Herzog von ihm verlangte. Bonaparte warf seinem Pudel eine Wurst vor. Der Pudel nahm sie in die Zähne. „Scher dich fort, Monsieur Normann!" rief Bonaparte, und der Hund lief weg, wenn er die Wurst hatte.

Die Wurst, die der hündische Minister Herzog Friedrichs von Bonaparte zu schnappen kriegte, war – deutsches Land, das der siegreiche Korse großmütig verteilte.

Auf solche Weise kam Herzog Friedrich zum Land Oberschwaben.

Aber Bonaparte gab nichts umsonst. Der Herzog von Württemberg mußte sich lossagen vom Kaiser und seine Soldaten unter dem General der Franzosen marschieren lassen.

Friedrich war ein kleiner Bonaparte in seinem Land, hielt großen Hof, verjagte die Stände, die für die Rechte des Volkes eintraten, plagte den gemeinen Mann mit Steuern und Fronen, unterband das freie Wort und ließ durch seine Polizei jeden Mißvergnügten im Arrest zum Schweigen bringen.

Pfeffer war mißvergnügt.

Als er nach Stuttgart kam, suchte er jede Gelegenheit, dem Herzog zu begegnen. Nachdem er lange genug spioniert hatte, wußte er, daß der Fürst jeden Morgen einen Ausritt auf die Höhe vor Cannstatt unternahm, wo er sich ein Schlößchen im neuen Franzosenstil erbauen ließ. Auch Pfeffer war neugierig, zu erfahren, wie weit der Bau fortgeschritten war, und schloß sich eines Tages unbemerkt dem herzoglichen Gefolge an, das seinen Herrn durch die lange Allee nach Cannstatt begleitete. Der Herzog ritt eine junge, hübsche Schimmelstute. Er liebkoste sie beim Reiten und fütterte sie mit Zucker, um sie bei guter Laune zu erhalten, denn die Last, die sie zu tragen hatte, war nicht gering.

Auf dem Wege begegnete ihnen die Kutsche des

Ministers Normann. Der Minister ließ halten, stieg aus dem Wagen und begrüßte seinen Herrn. Während sich der Fürst mit seinem höchsten Diener in ein Gespräch über Staatsgeschäfte einließ und ihm Normann lächelnd seine neuesten Füchsereien berichtete, begann der Hengst des Ministers mit der Schimmelstute seines Herzogs Freundschaft zu schließen. Die Schimmelstute benahm sich dabei so ungezwungen und legte sich so wenig Zurückhaltung auf, daß sich ihr Herr, dem das zärtliche Getändel nicht entging, für sie schämte und die Unterredung mit seinem Minister rasch beendete. Als Normann mit seinem brünstig wiehernden Hengst in anderer Richtung davonfuhr, äugte ihm die verliebte Stute sehnsüchtig nach. Der Herzog bemerkte, daß sich seine Begleitung über die Zuneigung der beiden Tiere lustig machte, war verdrießlich und wünschte sogleich aufzusitzen, aber die Stute, die gelehrt worden war, sich vor ihrem dicken Herrn auf die beiden Vorderläufe niederzulassen. um ihm das Aufsteigen zu erleichtern, zeigte keine Lust, es diesmal zu tun, schien in Gedanken ganz bei Normanns Hengst und war weder durch Bitten noch durch Schläge zu bewegen, die Läufe zu beugen.

Pfeffer hatte sich während des Vorgangs unbeobachtet herzugeschlichen, und da er das Aussehen eines einfachen Landmannes hatte, baten ihn die verzweifelten Diener des Herzogs, ihrem Herrn einen

Dienst zu erweisen und das Tier in die Hocke zu bringen.

Pfeffer, der wußte, daß die Stute durch die vielen schwatzenden und schimpfenden Menschen scheu gemacht worden war, bat den Herzog und seine Begleiter beiseite zu treten, strich ihr sanft über die Vorderläufe, sagte ihr etwas ins Ohr – und zur Verwunderung aller Zuschauenden ging die Stute sogleich in die Hocke.

Als das Pferd kniete und sein Herr es bestiegen hatte, wollte Pfeffer weitergehen. Aber die Verwunderung des Herzogs und seiner Begleiter über Pfeffers Kunststück war so groß und lockte ein solch lebhaftes Gerede hervor, daß der Herzog selber den Zauberkünstler fragte, wie er sein Ziel so schnell erreicht habe und was er dem Tier ins Ohr gesagt habe, daß es so folgsam geworden sei. Pfeffer antwortete, das Kunststück habe er von einem Zigeuner gelernt und verrate es nicht.

Der Herzog bestand darauf, daß er es ihm allein sage.

Pfeffer tat, als brächte ihn der Herzog mit seinem Wunsche in große Verlegenheit, und sagte widerwillig:

„Wenn Ihr das Wort hört, muß ich fürchten, daß Ihr selber sofort in die Knie geht! Und ich mag meinen Herrn und Herzog heute und nimmermehr in solch unterwürfiger Stellung sehen!“

Nun brannte der Herzog darauf, das Wort zu hören, das ihn selbst in die Knie bringen sollte, und er versprach Pfeffer ein Geschenk, wenn er ihm den zauberkräftigen Spruch verraten wollte!

Pfeffer antwortete darauf: „Wenn ihr versprecht, daß ihr mich unbehelligt weiterziehen laßt, will ich euch das Wort verraten!"

„Ein billiges Geschenk!" rief da der Herzog lachend.

Da trat Pfeffer nahe an ihn heran und sagte ihm ins Ohr:

„Ob ihr's glaubt oder nicht, das Wort, das euch alle in die Knie zwingt, heißt B o n a p a r t e !"

Der Herzog wurde blaß und wäre fast vor Schrekken in die Knie gegangen, wenn er nicht schon auf seiner Stute gesessen wäre – aber noch ehe er etwas erwidern konnte, war Pfeffer auf seinen langen Beinen durchs Gebüsch entkommen.

Der Katzenjammer

Jedermann wußte, daß der Herzog nicht immer zu seinem gegebenen Wort stand. Wenn er sich in seiner Würde verletzt sah, nahm er heimtückische Rache. Pfeffer mußte fürchten, daß die Häscher des Herzogs hinter ihm her waren, und weil es gefährlich für ihn war, in Stuttgart zu bleiben, entwich er nach Stetten.

Aber dort wurde er traurig.

Ricke, seine Mutter, war gestorben, und Jakob Ulrich hatte sich von einem andern einen Sarg anmessen lassen.

Dorle saß allein im Haus und weinte, als Pfeffer heimkehrte.

Er ging durch die Stuben. Sie waren so niedrig, daß er sich bücken mußte! Er stieg in den Keller, klopfte ans Fäßlein.

Hohl! hohl! klang's zurück. Er kroch auf die

Böden. Da hatte sich das Spinnenbettelvolk eingerichtet, das keinen Mietzins zahlt.

Das alles ist so traurig, dachte Pfeffer, daß ich gleich wieder Soldat werden möchte! Aber unter Bonaparte will ich's nicht werden! –

Onkel Melchior, der ein altes Männchen geworden war, kam auf den Abend, vergnügt wie einst – und die beiden Fiedler gingen zum Wein. Sie tranken keinen geringeren als den Einheimischen, genannt das Stettener Brotwasser, der seinen Namen von einem adligen Fräulein hat, das ihn heimlich aus einer Tasse getrunken und auf Befragen, was sie da trinke, geantwortet hat, sie trinke „Brotwasser", das ist ein Hustentrank aus heißem Wasser, Zucker und Brotrinden.

Der Hustentrank tat Pfeffer wohl, er linderte seinen Schmerz um Rickes und Jakob Ulrichs Hinscheiden, mäßigte seinen Zorn auf Bonaparte und löste endlich seine verdorrte Zunge.

Sie kamen ins Reden, und bald gesellte sich eine Schar von jungen Leuten zu Pfeffer, wollten vom Bonaparte hören und vom Erzherzog Karl, wollten wissen, ob die Franzosen auch Menschen wären wie die Stettener, ob sie Wein tränken oder Bier, ob der Münsterturm zu Straßburg höher sei als der Kirchturm zu Stetten, ob er Bären gesehen im Schwarzwald und ob der Hannickel immer noch selbige Gegend unsicher mache!

Pfeffer gab ihnen Anwort, wie sie es verdienten.

Von den Bären, auf die sie immer wieder kamen, sagte er, es sei ihm einst eine ganze Familie der struppigsten Dickhäuter unweit vom Mummelsee begegnet, die seien so faul gewesen, daß sie von ihm verlangt hätten, er möge sie samt ihren Jungen ein Stück Weges tragen. Als er ihnen darauf geantwortet, der Mensch sei nicht dafür geschaffen, den Dickhäutern das Leben noch angenehmer zu machen als es ihnen von Natur gemacht sei, hätte der Bärenvater zu ihm gesagt:

„Bist du nicht der P f e f f e r v o n S t e t t e n ? Wir haben von guter Seite gehört, die zu Stetten ließen sich all und jeden Bären aufbinden! Machst du eine Ausnahme?"

Da kam es den jungen Stettenern zu Sinn, daß sie was Dummes gefragt hatten, und sie schwiegen und fragten nicht mehr nach den Bären.

Hinwiederum mußte sich Pfeffer von ihnen, die ihm mächtig Zutrunk leisteten, einen Affen aufbürden lassen. Er war das Brotwasser nicht mehr gewohnt! Als es soweit war, daß er alle, die um ihn herumsaßen, für Franzosen ansah und Onkel Melchior für den Bonaparte, boten sie sich an, ihn heim zu tragen, und ergriffen ihn an Händen und Beinen. Im Grunde wollten sie sich nur für die Bärengeschichte rächen.

Am andern Morgen erwachte er in einem fremden

Hause auf einem Kanapee und wußte nicht, ob er in Stetten war oder anderswo! Er wäre nicht so schnell erwacht, hätte es nicht ein lautes Geschrei in seiner Nähe gesetzt, das von zwei weiblichen Personen vorgeführt wurde, die ganz von Sinnen waren, daß ein fremder Mann in ihrer Wohnung lag. Die Wittib, in deren Haus er lag, hieß Magdalena, die Tochter des Schultheißen, und stand in den mittleren Jahren. –

Pfeffer beteuerte ihr, er könne sich nicht entsinnen, wie er in ihr Haus geraten sei, und vermutete, daß ihn die Zechkameraden durch ein offenes Fenster hereingebracht hätten.

Aber die Wittib wollte sich nicht beruhigen, weil sie sich vor ihrer Magd schämte, und weil man ihr leicht was nachsagen konnte. Als Pfeffer scherzte, solch ein Zusammenwohnen nehme er auf die leichte Schulter, machte er das Unglück noch größer, denn die Magd glaubte nun bestimmt, daß ihre Herrin ihr etwas vorspiele und den Mann selber eingelassen habe. Da setzte es Tränen bei der Magdalene, sie klagte, ihr Haus sei verunehrt und sie selbst so schimpfiert, daß sie sich nirgends mehr blicken lassen könnte. Pfeffer wußte sich nicht zu helfen und schickte die Magd hinaus. Da stimmte die Schultheißentochter ein noch größeres Geheule an, denn nun schien es ihr gewiß, daß sie von ihr im Dorf verschrien würde, und sie kniete vor Pfeffer nieder und bat ihn inständig, sie vor der großen Schande zu bewahren. Pfeffer wußte weder ein noch aus und fragte die Magdalene, wie er sie vor der großen Schande bewahren solle!

Da wischte sich die Schultheißentochter die Tränen aus dem Gesicht und sagte: „Es bleibt nichts anderes übrig als zu heiraten!“

Ehe Pfeffer eine Antwort fand, fiel sie ihm um den Hals in ihrem heißen Jammer und sagte: „Ein Soldat des Herzogs weiß, was er schuldig ist, und tut nichts gegen die Ehr'!“

Wohl oder übel mußte sich Pfeffer zur Soldatenehre bekennen und sagte: „Nein! Nichts gegen die Ehr'!

Gewiß nichts gegen die Ehr'!

Ach, wie dumm ist mir im Kopf!

Aber nichts um alle Welt gegen die Ehr'!“ –

Aber schon nahm sie ihn beim Wort. Und sein Wort darf der Soldat nicht brechen!

Hatte er ihr im Katzenjammer die Ehe versprochen!

Fahr wohl, Mirzl!

Warst ihr nicht lange treu, Pfeffer!

Schämst du dich nicht?

Teig in der Backmulde

In einem Weib stecken zehn Schelme, und Weiberwort ist zehnmal schlauer als Schelmenwort.

Aber eine Weiberträne ist mächtiger als hundert Schelme.

Am anderen Tag tritt der Schultheiß in Pfeffers Haus und wünscht dem künftigen Eidam viel Glück zum Bräutigamstand. Pfeffer hat große Mühe, ihn zu belehren, daß die Hochzeit auf die lange Bank geschoben werden muß, weil es nicht erwiesen ist, daß das Fiedelspiel noch seinen Mann ernährt wie in früheren Zeiten.

Der Schultheiß braust auf: „Bin ich Herr in Stetten oder bin ich's nicht? Wenn ich's bin, will ich dafür sorgen, daß in Stetten mehr getanzt – und also mehr gefiedelt wird!"

Pfeffer erwidert: „Eine Schwalbe macht keinen

Sommer, und ein einziger Tanzboden ernährt den Fiedler nicht!"

Sie werden einig, daß sie ein halbes Jahr warten und zusehen wollen, wie sich die Lustbarkeit anläßt, dann wollen sie wieder miteinander reden. –

Pfeffer hatte Zeit gewonnen.

Wenn einer seiner Braut beweisen will, daß er der rechte Mann für sie ist, muß er's machen wie Pfeffer:

Er geht zu Magdalene und sagt: „Ich will nach Cannstatt. Aufspielen!" Da kommt sie auf den Gedanken, daß er ihr aus der Mühle, die am Neckar liegt, einen halben Zentner Mehl mitbringen kann, und sie gibt ihm ein Säcklein auf den Weg. In Cannstatt spielt Pfeffer auf einer Hochzeit und bleibt über Nacht. Am nächsten Morgen trabt er in die Mühle und läßt sich das Säcklein füllen. Die Geige tragen und einen Halbzentnersack – macht müde! –

Auf der Neckarbrücke stellt er seinen Tragkorb auf die Brüstung, lehnt sich an und ruht aus. Da reiten herzogliche Husaren über die Brücke. Einer von den Husaren, der Pfeffer kennt, ruft aus der Reihe: „Sieh den Pfeffer! Was er für ein saures Gesicht macht. Der wäre auch besser bei den Soldaten geblieben!"

Pfeffer erschrickt, stößt an den Tragkorb, der Korb neigt sich und fällt samt dem Mehl über die Brüstung in den Neckar.

Vorbei ist der Husar – und weg das Mehl!

Ohne Geld und Mehl kommt er zur Magdalene.

„Hast du das Mehl?“ fragt sie ihn.

„Hab’ gleich Teig daraus gemacht!“ erwidert Pfeffer.

„Teig gemacht?“ sagt sie und wird rot vor Zorn.

„Ja. In der großen Backmulde!“ sagt Pfeffer ruhig.

„In der großen Backmulde?“

„– die topfeben hinausgeht von Cannstatt bis Stuttgart! Es gibt keine breitere!“ sagt Pfeffer – und meint das Neckartal.

Da schweigt die Magdalene, und Pfeffer schweigt auch.

Holz im Ofen

Mit der Lustbarkeit war es nichts – und Pfeffer sah einem schlimmen Winter entgegen.

An einem kalten Wintertag besuchte ihn die Magdalene in seinem Haus. Der Bräutigam saß in eine Decke eingewickelt neben dem Ofen. Die Braut setzte sich zu ihm auf einen Stuhl und schnatterte vor Kälte.

Sie war unzufrieden, daß Pfeffer mit dem Fiedelspiel nichts verdiente, und böse, weil er keine Anstalten machte, um auf andere Weise etwas zu verdienen. Ihr Zorn entlud sich aber gegen die Fiedel, und sie sagte: „Eine Fiedel, die nicht mehr als ein Schoppengeld einbringt, ist nichts nütz."

Pfeffer lächelte.

Die Kälte in der Stube setzte ihr mit der Länge so zu, daß sie das Zähneklappern kriegte. Endlich stand sie auf und herrschte ihn an:

„Geh hinaus und lege ein Holz in den Ofen!“

Es war einer von den großen Öfen, die durch die Küche geheizt werden. Pfeffer fand, daß die Gelegenheit gekommen war, sie über den Wert seiner Geige zu belehren, ging hinaus und kam alsbald wieder.

„So, nun ist Holz und Feuer im Ofen!“ sagte er.

Es blieb aber kalt wie zuvor.

Nach einer kleinen Weile sagte die Magdalene:

„Ich meinte, du hättest geheizt! Aber du hast mich angelogen!“

„Du machst mich zu einem armen Mann!“ erwiderte Pfeffer, „für zehn Kronentaler habe ich Holz in den Ofen gelegt, und Feuer ist auch drin! Geh und schau selber!“

„Lügner!“ schimpfte sie ihn und ging in die Küche.

Da merkte sie, wie er es meinte: Im Feuerloch lag seine Geige, wohl ihre zehn Kronentaler wert, und daneben brannte das kleine Flämmchen einer Kerze.

Die Büttelschelle

Als das halbe Jahr um war, trat der Schultheiß wieder in Pfeffers Haus und sagte: „Es ist nunmehro kein Glück bei der Lustbarkeit und dem Fiedelspiel! Ein Büttel hat ein besseres Auskommen als ein Fiedelspieler! Willst du nicht Büttel werden zu Stetten?"

„Genügt euch einer nicht?" fragte Pfeffer.

„Die Mißvergnügten mehren sich", antwortete der Schultheiß, „es ist alle Nacht Lärm, Streit und Stechen, weil die allgemeine Not wächst! Wir brauchen einen zweiten Mann!"

„Was tut ihr mit einem Büttel, der selber mißvergnügt ist?" fragte ihn Pfeffer.

„Wer will dir ansehen, ob du vergnügt oder mißvergnügt seist!" erwiderte der Schultheiß, „was ein richtiger Büttel ist, macht ein Gesicht wie ein Ochs!"

„Ihr versprecht euch zuviel von mir!“ lachte Pfeffer.

„Ei, ei!“ entgegnete der Schultheiß, „warum willst du deinen Vorteil nicht wahren, Pfeffer? Ist es denn ein so großer Unterschied, ob du die Fiedel streichst oder die Schelle läutest? Musik ist Musik!“

„Du sagst die Wahrheit, und weißt es nicht!“ antwortete Pfeffer, „ein Büttel ist bisweilen der größte Musikmeister! Wenn einer zur Fiedel nicht tanzen will, zur Schelle muß er tanzen!“

„Du sagst's!“ fuhr der Schultheiß fort, „wie steht's, willst du die Stelle nehmen? In vierzehn Tagen ist Hochzeit!“

„Ich will euch alle zur Schelle tanzen lassen!“ sagte Pfeffer, und gab dem Schultheiß das Geleit vor die Tür.

Als er wieder in seiner Stube war, trat er vor den Spiegel, schaute hinein und sagte: „Sehe ich aus wie einer, der die Magdalene heiratet?“

Aber der im Spiegel schüttelte den Kopf.

Auf dem Tisch lag ein Brief, den ihm die Mirzl geschrieben hatte. Er nahm ihn und las:

Mein lieber Pfefferer!

Ich habe viel Zeitlang und große Sehnsucht nach Dir! Die Glocke von meiner Bläsi läutet allweil –
Pfeffer, wo bleibst, wo bleibst?
Da stößt der Ochs nach ihr, und seine Schellen tut –

Aber der Hi-asl!
Aber der Hi-asl!

Du mußt wissen, daß der Hiasl von Au jeden zweiten Tag zu mir auf die Alm heraufkommt und immer vom Heiraten daherredet!

Aber ich mag das Hiaslgeläut nicht hören!

Vergiß nicht Deine
herzgetreue Mirzl
aus Bayrisch-Zell!

Pfeffer tunkte die Gansfeder ein und schrieb ihr zur Antwort:

Dein korzer Brief aus Bayrisch-Zell,
Der läutet wie ein Glöcklein hell
Und schöner als die Büttelschell!
Eh es mit mir geht hier zu End',
Stäub' ich die Füß' mir ab und Händ' –
Und ins Chur-Bayrische mich wend'!
Wie ich unlängst geporzelt bin
Auf Hirn und Steiß, und schlug so hin,
Das geht mir gar nicht recht in Sinn.
Doch Pfeffers Art ist nicht der Storz;
Er steiget wieder auf, und korz
Und gut: Ich geh' des Orts!

Dein Pfeffer!

Pfeffer macht sich Luft

Es war zur Zeit der Fastnacht, als ein Wagen durch das Dorf Stetten fuhr, auf dem eine schmale, lange Kiste lag, die einem Sarg nicht unähnlich war. Der Fuhrmann, den man im Dorf kannte, pflegte in der Kiste die entseelten Selbstmörder zu holen und in die Anatomie nach Tübingen zu führen.

Es war schon lange Zeit nicht mehr vorgekommen, daß sich zu Stetten einer entleibt hatte, und verwundert schaute jedermann dem Gefährt nach und wollte wissen, wer da geholt werden sollte!

Der Fuhrmann, der wohl merkte, daß man auf ihn acht gab, fuhr zuerst in eine Gasse links ein, lenkte zurück und fuhr in eine Gasse rechts, und als er glaubte, daß man seine Spur verloren hätte, ließ er seinen Wagen in David Pfeffers Höflein einlaufen, verschloß das Tor und verriegelte es.

Danach sah man im Haus eine Hand von innen die Fensterläden zuschlagen.

Dann war es still. Nach einer Weile öffnete der Fuhrmann wieder das Tor und fuhr mit dem Wagen, auf dem die lange graue Kiste lag, aus dem Hof. Obwohl er alles heimlich betrieben hatte, war sein Tun nicht unbemerkt geblieben, und er wurde von Draußenstehenden befragt, wer sich in Pfeffers Haus ein Leid angetan habe, ob Pfeffer selbst oder ein anderer.

Der Fuhrmann, der ein brummiger Kerl und Schweiger war, sagte nichts weiter als, er hätte seine Müh' und Not gehabt, den langen Kerl in seine Kiste hineinzubringen, fluchte, murmelte was vor sich hin und fuhr zu.

Da gerieten nun einige, die dabei standen, ganz aus dem Häuschen vor Schreck und Grauen, daß der lustige Pfeffer sich entleibt haben sollte, liefen zu seiner Braut, der Magdalene, und brachten die Unglückliche in die größte Verzweiflung, denn sie hatte sicher mit der Hochzeit gerechnet und schon alles vorbereitet. Als der Totenwagen an ihrem Haus vorüberfuhr, trat sie ans Fenster, rang die Hände, nannte den Verstorbenen in einem Atem einen Ehrenmann und einen Ungetreuen, ihren guten Engel und ihren Glücksverderber, und Tränen liefen ihr über die Backen, von denen man nicht wußte, ob es Schmerzenstränen oder Tränen der Wut waren.

Zu spät fiel es ihr ein, den Fuhrmann, der ohnehin keine freundliche Miene für sie hatte und eilig zum Dorf hinausfuhr, nach dem Totenschein zu fragen.

Aber laßt uns bei dem Fuhrmann, seinem Wagen und seiner Fuhre bleiben!

Eine gute Wegstunde vor dem Dorf ließ der mürrische Fuhrmann das Pferd vor einer einsamen Herberge haltmachen und tat einen Pfiff. Der Deckel des Sarges hob sich, und ein Lebendiger, der darin lag, streckte den Kopf heraus und fragte:

„Wie ist die Luft?“

Da trat der Wirt mit seiner Magd vor das Haus, der Fuhrmann tat wieder einen Pfiff, und der Deckel klappte zu.

„Was für einen hast du denn heut’ in deinem Kasten?“ fragte der Wirt den Fuhrmann und trat gemächlich an den Wagen heran.

„Ach, ich soll’s nicht sagen“, seufzte der, „aber diesmal ist die Reihe am Pfeffer von Stetten, der mir ein lieber Freund war!“ –

„Mir nicht minder“, sagte der Wirt, „für den ist’s jammerschade! Auf zehn Stunden weit und breit hat keiner so gut zum Tanz aufgespielt wie er, und sein Mundwerk war Gold wert! Wiewohl er mir noch zehn Gulden schuldig ist, will ich ihm nichts nachsagen. Ja, ich schenkte sie ihm gern und eine Flasche Wein dazu, wenn er noch lebte!“

„Das hält kein Toter aus!“ rief da plötzlich eine

Stimme aus der Kiste. Der Wirt mußte sich am Wagen festhalten, so schüttelte ihn der Schreck. Mit einmal flog der Sargdeckel in die Höhe, und hervor sprang Pfeffer, wie er leibte und lebte!

„Ich nehme dich beim Wort, guter Freund!" rief er, hüpfte vom Wagen und umarmte den zu Tode Erschrockenen.

„Es bleibt dabei", sagte der Wirt, „der Witz ist mir eine Flasche Wein wert! Aber was hast du vor, Pfeffer, daß du dich in einen Sarg legst und auf dem schändlichen Fuhrwerk umherfährst?"

„Wenn du die Wahrheit erfahren willst, gesetzt, daß du schweigst", antwortete Pfeffer, „dann gib auch dem Fuhrmann eine Flasche! Er hat sie so gut verdient wie ich!"

„Es kommt mir nicht darauf an", sagte der neugierige Wirt, „seid unbesorgt, ich bin von der Partie, wenn es einen guten Streich gilt!"

Unterdessen brachte die Magd den Wein.

„Du mußt wissen, daß ich tot bin!" sagte Pfeffer.

„Es ist schwer zu glauben", sagte der Wirt.

„Für die zu Stetten bin ich's! Hast du schon von den Schildbürgern gehört?

„Wohl! Wohl!"

„Die einen leibhaftigen Bock zum Gärtner gemacht haben – ? Die zu Stetten sind ihnen über!" sagte Pfeffer und erzählte dem Wirt, auf welche Weise er mit der Schulzentochter verlobt worden war, und wie der Schultheiß ihn zum Büttel machen wollte, um seine Tochter recht versorgt zu wissen! –

Da fing der Wirt wieder zu lachen an und sagte:

„Ei, in einem solchen Falle muß der Bock klüger sein als die Bockhalter!“

„Er ist's auch“, sagte Pfeffer.

„Und die Hochzeit?“ fragte der Wirt.

„Ist schon vorüber oder fällt aus, wie ihr wollt!“

„Das ist dein bester Streich, Pfeffer, wiewohl es dich teuer zu stehen kommt, dein Haus und alles dahintenzulassen!“

„Ich kann's nicht vor mir hertreiben!“ sagte Pfeffer.

Als sie die Flasche getrunken hatten, stand Pfeffer auf, nahm seine Geige aus dem Zwerchsack, fiedelte so wild und schön, wie er nie vorher gefiedelt hatte, lachte und drehte sich wie ein Tänzer. Voll Übermut warf er die Geige in die Luft und fing sie wieder auf, lief quer übers Feld, juchheite und pfiff und lachte über die ganze Welt, der Schelm, der Schalk, der närrische Fiedler!

Ende

An vielen Orten ist der Pfeffer von Stetten später noch gesehen worden. Einige sagen, er sei nach Oberschwaben gegangen und habe dort unter dem Namen Munding gelebt, auf den Kirchweihen gespielt, Streiche verübt und von sich reden gemacht.

Einer will ihn im Bayrischen bei Zell, unweit vom Wendelstein, auf einer Alm bei einer hübschen Sennin getroffen haben, singend und die Zither spielend. Und manches spräche dafür, daß dieser recht gesehen.

Noch viele Streiche hat Pfeffer getan und viele Bosheiten hat er gesagt, aber die stehen in anderen Büchern.

Die Stettener zeigen das Haus, das ihm gehört und darin er gewohnt hat. Aber so ein Haus schaut wie ein Leichnam, aus dem der Geist geflohen ist; der aber wohnt frei in allen denen, die wie er ungebunden durchs Leben gehen, Geld und Güter nicht mehr achten als not tut – und die Seele nicht verkaufen um einen Büttel- und Sündenlohn!

INHALTSVERZEICHNIS